Gerhard Tötschinger

»Nur Venedig ist ein bissl anders«

Gerhard Tötschinger

»Nur Venedig ist ein bissl anders«

Geschichten und Anekdoten aus einer besonderen Stadt

Mit 78 Abbildungen

AMALTHEA

Bildnachweis:
Alle Abbildungen aus dem Privatarchiv des Autors,
außer S. 24 (Sammlung C. Weber)

Besuchen Sie uns im Internet unter
www.amalthea.at

1. Auflage Mai 2002
2. Auflage August 2002
3. Auflage November 2002
4. durchgesehene Auflage März 2011

Umschlaggestaltung: Wolfgang Heinzel
Herstellung und Satz: VerlagsService Dr. Helmut Neuberger
& Karl Schaumann GmbH, Heimstetten
Gesetzt aus der 12,3/17,0 Punkt New Caledonia
Printed in the EU
ISBN 978-3-85002-475-4

Inhalt

Salute!

Ein Vorwort

Alle Städte sind gleich, nur Venedig is e bissele anders.« Wir haben den berühmt gewordenen Satz ein wenig verändert, ein wenig nur. Friedrich Torberg zitiert ihn in einem Buch, das den Namen der Frau trägt, die im Besitz der Urheberrechte dieses Satzes ist: »Die Tante Jolesch oder der Untergang des Abendlandes in Anekdoten.« Man darf diesen Satz verändern. Es gibt ihn immer wieder, in Variationen. Was schließlich gibt es nicht immer wieder? Gerade bei einem Thema wie Venedig scheint alles gesagt zu sein.

Goethe schreibt in seiner »Italienischen Reise«: »Der Venezianer mußte eine neue Art von Geschöpf werden, wie man denn auch Venedig nur mit sich selbst vergleichen kann.« 1787 sind in Paris die »Memoires de M. Goldoni« erschienen, in französischer Sprache. Der achtzigjährige Dichter hat sein Leben noch einmal durchwandert, in Gedanken, und meditiert über die Heimatstadt, die er dreissig Jahre zuvor verlassen hat: »Venedig ist eine so außergewöhnliche Stadt, daß man sich kein Bild von ihr machen kann, solange man sie nicht gesehen hat. Karten, Pläne, Modelle, Beschreibungen genügen nicht – man muß sie sehen. Alle Städte der Welt gleichen einander mehr oder weniger, diese allein gleicht keiner anderen.«

Vieles hier hat sich geändert seit den Tagen Goldonis, wie in anderen Städten auch. Aber in Venedig ist es deutlicher zu spüren – die

Stadt sieht ja aus, als könne jeden Augenblick Casanova aus einer Gondel steigen.

Die Venezianer haben sich zurückgezogen, sie haben sich aus Venedig herausgezogen, sind nach Mestre oder noch weiter gegangen. Wie sie vor 1500 Jahren vom Festland in die Lagune geflüchtet sind, so flüchten sie nun vor der Feuchtigkeit aufs Trockene. Viele von ihnen kommen nur tagsüber zurück, sperren ihre Geschäfte auf, arbeiten als Kellner, als städtische Beamte, verkaufen Souvenirs.

Alles rund um den Tourismus ist organisiert. Gegen Mißstände gibt es kein Mittel. Es gibt sofort Widerstand.

Die Tauben von San Marco – sie sind für die Eintagsbesucher und deren kleine Kinder ein nettes Fotomotiv. Davon leben Fotografen, Andenkenhändler, Taubenfutterverkäufer, und alle sind sie organisiert, und sie wehren sich mit allen Möglichkeiten ihrer Syndikate. Also werden die Tauben nicht weniger und die Schäden an den historischen Gebäuden werden mehr.

Das städtische Leben löst sich auf – ich erinnere mich an die Milchfrau, den Facchino, den Schuhmacher … Da kann man heute lange suchen.

»Aus Liebe zu meiner Stadt habe ich diese Seiten gesammelt.« Mit diesen Worten beginnt der Venedigführer von Giulio Lorenzetti, erschienen 1926. »Wer den Wunsch hat, zu verfolgen, zu erfahren, wieviele Zeugnisse der Kunst und der Erinnerung an die Vergangenheit Venedig noch bewahrt, … kann hier, in diesem meinem Buch, Hilfe finden. Aber darüber hinaus habe ich mir das Ziel gesetzt, daß dieses Buch neben seiner Aufgabe als Wegweiser zu den verschiedenen Städten auch ein Wegweiser in die Zeit sei … in das tausendjährige Leben unseres großen Volkes …«

In das tausendjährige Leben …

Zwei Genies haben das Bild, das sich vor allem Reisende aus dem deutschen Sprachraum von Venedig machen, beeinflußt: Thomas Mann und Lucchino Visconti.

»Tod in Venedig« war als Buch ein Erfolg, wurde als Film ein Welterfolg. Ihm folgte noch die Oper von Benjamin Britten. Buch, Film und Oper haben dazu beigetragen, daß man Venedig gerne als eine Stadt des 19. Jahrhunderts sieht. Das ist falsch. Das Risorgimento hat im frühen 19. Jahrhundert begonnen. Gewiß, die italienische Einigung war seine Folge, und es kam zu der für das ganze Land verbindlichen Sprache, zur Hymne ... Doch, je besser man die Serenissima kennt, desto mehr entdeckt man unter dieser allgemeinen italienischen Atmosphäre das Venedig des Barock, der Renaissance, des Mittelalters.

Venedig ist überall. Der Löwe von San Marco als Symbol einer Versicherung, »Eine Nacht in Venedig« von Johann Strauß, die Kriminalromane der US-Autorin, aber auch Daphne du Mauriers »Wenn die Gondeln Trauer tragen«, »Tod in Venedig«, jaja, der Tod und die morbidezza ...

Und man meint, man habe die Stadt verstanden. Doch das ist ein Mißverständnis. Der Tod spielt, trotz aller Probleme der verschiedenen Gebäude, in Venedig keine größere Rolle als in anderen Städten und Landschaften am Mittelmeer.

Auf den letzten Seiten dieses Buches finden sich ein Glossar, ein Register, eine Zeittafel. Sie sollen helfen, den Überblick zu bewahren. Denn dieses Buch ist kein Kunstführer und keine Geschichte Venedigs und kein Hotelalmanach. Dieses Buch ist eine Hommage und es erzählt und es will auf Ideen bringen. Man sieht nur, was man weiß ...

Aus der Erfahrung der jahrzehntelangen Freundschaft mit dieser Stadt schöpfend, bin ich froh über diese Nähe zur Serenissima, bin der »überaus Heiteren« dankbar. Und ich danke am Ende dieses Willkommensgrusses den vielen Historikern und Autoren, die mit ihren Werken die Freude an dieser Stadt vertieft haben: Heinrich Kretschmayr, Marino Sanudo, Emanuel Cicogna, Samuele Romanin, Philipp Monnier, Daniele Varé, Marino Cavalli, Alvise Zorzi, Reinhard Lebe, Alfred Arneth.

Salute!

Gerhard Tötschinger

Wie kommt man nach Venedig?

Seltsame Frage, nicht wahr? Ganz leicht, mit dem Reisebüro oder im Auto oder wie auch immer, oder? Sowas weiß man doch. Irrtum!

Bis zum Jahre 1846 konnte man Venedig ausschließlich auf dem Wasserweg erreichen. Casanova und Kaiserin Elisabeth von Österreich und Heinrich III. von Frankreich und Albrecht Dürer und Georges Sand – alle kamen via Lagune. In Mestre oder in Fusina hat man sein Boot bestiegen. Und dann wurde die Brücke gebaut.

Nun fuhr die Eisenbahn über die Brücke, aber immer noch nahm man auch die Wasserstraße. Gustav von Aschenbach in Thomas Manns »Tod in Venedig« besteigt das Schiff im damals österreichischen Pola, da gab es schon seit mehr als fünfzig Jahren die Zugverbindung.

Die Eisenbahn hat den großen Vorteil, daß sich die Reisenden über die aufregenden Minuten freuen können, da sie scheinbar auf dem Wasser dahinfahren, die Dächer und Türme der Stadt näherkommen sehen, und sich nicht vor dem Kampf um den Parkplatz fürchten müssen. Und dann verläßt man den Bahnhof von Santa Lucia – und steht inmitten des Glücks.

Freilich kann, wer im Automobil anreist, dieses auch in Mestre lassen, das Gepäck nehmen, in ein Taxi steigen und am Piazzale Roma mit dem Vaporetto oder einem Wassertaxi weiterfahren. Oder man hat sich für ein Hotel am Lido entschieden und transportiert das Auto mit der Fähre.

Man kann auch fliegen. Das hat einen großen Vorteil. Auch wenn das Wetter ausnahmsweise kein strahlendes ist, sieht man die ungewöhnliche Landschaft der letzten Minuten vor der Landung gut, kann die Sternform der alten venezianischen Festung Palmanova erkennen, ein Juwel der Städtebaukunst. Gleichgültig, aus welcher Richtung das Flugzeug sich dem Flughafen Marco Polo nähert – man sieht die Lagune, hat die Serenissima wie einen Stadtplan vor sich.

Man verläßt das Flughafengebäude, besteigt ein Wassertaxi oder einen Wasseromnibus und kann sich nun auf den schönen Anblick freuen, den Dächer und Türme und Kuppeln bieten, wenn man sie langsam aus dem Hintergrund aufsteigen sieht. Da bekommt man eine Ahnung von dem überwältigenden Eindruck, den anreisende Menschen in der Zeit vor Foto und Film hatten, wenn sie sich über das Meer der Königin der Adria näherten.

Dieser Weg, aus nicht zu naher Distanz auf dem Wasser, ist sicher die schönste Möglichkeit, in der Stadt der Dogen anzukommen. Wenn man Stunden auf dem Schiff verbracht hat, etwa auf dem Kurs Piran – Venedig, und dann sieht, wie sich der Campanile über die Wölbung des Horizonts schiebt, wird man die Erinnerung niemals verlieren. Und man hat sich der Serenissima im adäquaten Tempo genähert. In jedem Fall paßt der Satz, den der Amerikaner William Dean Howells im ersten Kapitel seines Venedigbuches »Venetian life« anderen Reisenden zuruft: »O Fremder, wer immer du auch bist, laß mich dir sagen, wie glücklich ich dich schätze. Vor dir liegt zu deiner Freude ein Schauspiel von so ungewöhnlicher Schönheit, wie sie kein Bild je darstellen wird und kein Buch beschreiben kann, einer Schönheit, die man nur ein einziges Mal in solcher Vollendung empfinden und nach der man sich dann ewig sehnen wird.«

Ein Labyrinth als Stadt

Verkehrsflächen heißen hier anders – Der Canal Grande – Herzmanovsky-Orlando – Das Labyrinth

400 Brücken, 118 Inseln als Fundamente – alles hängt hier zusammen – das ist der Eindruck auch bei flüchtiger Kenntnis der Serenissima. Das Wasser trennt nicht, es verbindet Häuser und Gassen, Palazzi und Kirchen und Plätze, die Brücken sind Verbindung, die Gondeln, die Traghetti … Man meint, vor dem Haupteingang eines Hauses zu stehen, aber diese Türe ist nur Nebeneingang, für Diener und Lieferanten, Fluchtweg manchmal. Das große Hauptportal geht zum Kanal hin, der vielleicht sogar den Namen dieses Palazzo führt, und bei der Inszenierung einer Ankunft mit mehreren Gondeln wäre man gerne dabei. Und man kann sich gut vorstellen, wie jemand durch eine Türe das Haus Nr. 3341 betritt und bald danach auf dem Dach des Hauses Nr. 3342 zu sehen ist, um später aus einem Fenster des Hauses Nr. 3343 zu schauen.

Antonio Canal (1697 Venedig – 1768 Venedig)

Der Canal Grande zwischen dem Palazzo Corner und dem Rialto, 1724

Venedig hat andere Arten von Verkehrsflächen und andere Namen für diese. Da gibt es, wie in jeder Stadt Italiens, die Via und die Strada und die Piazza – diese allerdings nur ein einziges Mal, die Piazza San Marco. Doch daneben spaziert man hier auch durch eine Calle, eine Salizada, eine Lista, überquert einen Campo oder einen Campiello, durchschreitet einen Sotoportego und kommt durch eine Corte zu einem Rio. Solch ein Rio kann ein kleiner Kanal sein, kann aber auch ein ehemaliger Kanal sein, zugeschüttet und zur Gasse verwandelt. Doch dann gibt es auch Piazzale und Riva, Fondamenta und Ruga, Crosera und Piazzetta, Merceria, Frezzaria, Spadaria, Naranzaria, Rielo, Campazzo, und die vielen Wasserstraßen. Alle heißen sie Rio oder Canale – einer einzigen Wasserstraße ist der Name Canal vorbehalten, dem Canal Grande.

Die Venezianer haben für ihn eine andere, fast ehrfürchtige Bezeichnung – Canalazzo, ausgesprochen Canalasso. Damit ist die Vorzugsstellung des Canal Grande definiert, der absoluten Hauptstraße, und auch sie ist in der Welt einmalig. Denn eine Gran Via gibt es in vielen Städten, eine Hauptstraße ebenso, auch eine High Street. Aber wer hat einen Canalazzo? Selbst Städte, in denen das Wasser auch für den Verkehr von Bedeutung ist, wie Berlin, Hamburg, Stockholm, haben keine solchen Koseworte für diese Verkehrswege. Und das Venedig-Greenhorn verrät sich unter anderem durch ein einziges »e«, falsch gebraucht in Canale Grande. Oder es fällt dem Spaß eines Einheimischen zum Opfer, der erklärt, Canalazzo sei die Verbindung von Canal und Palazzo.

Die sechs Stadtteile, die Sestieri, sind unterteilt in Pfarren, Parrocchie, und jedes Haus trägt seine Nummer, seine Ordnungszahl, fortlaufend und ansteigend. Also wohnt man nicht am Campo S. Sofia 3b, sondern in Cannaregio 2257. Die Namen der Straßen und Plätze finden sich in den Stadtplänen, und so kommt man schon an sein Ziel

– wenn auch nach manchem Fluch oder manchem Stoßgebet, je nach Charakter. Goethe war ein Stadtplanbenützer. In der »Italienischen Reise« findet sich die Meldung: »Den Plan in der Hand suchte ich mich durch die wunderlichsten Irrgänge bis zur Kirche der Mendicanti zu finden.«

Die verlegen lachenden Touristen, die aus der Sackgasse zurückkehren und weitersuchen, sind ebenso typisch für diese Stadt wie die Wasserstraßen. Fritz von Herzmanovsky-Orlando, ein profunder Venedig-Kenner, schreibt in seinem Roman »Maskenspiel der Genien«:

»... kein normaler Mensch, einschließlich der geborenen Veneziianer, hat sich in Venedig jemals ausgekannt ... Es gehört nämlich zu den sonderbaren Marotten jedes auch nur vorübergehend in Venedig Seßhaften, lieber obdachlos umherzuirren, als nach dem Weg zu fragen, geschweige denn sich führen zu lassen.«

Das würde ja auch gar nichts nützen, denn, auch das wissen wir dank Herzmanovsky:

»Übrigens bekommt man in Venedig außer den fehlerhaften Kursbüchern, die in ganz Italien zu stark herabgesetzten Preisen erhältlich sind, um ein wahres Spottgeld auch falsche Stadtpläne zu kaufen. Es ist ja doch alles eins. Sogar geistlos kopierte Schnittmuster werden dem naiven Reisenden als Stadtplan aufgeschwatzt.«

Das Problem für einen Fremden – oder verwenden wir lieber den heute wie gestern in Venedig gebräuchlichen Ausdruck »foresto« –, das Problem also für die foresti, wird noch größer, weil so viele Gebäude so ähnliche oder gar gleiche Namen tragen. Es gibt hier elf verschiedene Häuser des Namens »Palazzo Giustinian« – in einem von ihnen hat Richard Wagner gewohnt –, und es gibt allein am Canal Grande drei Palazzi Mocenigo, und dann noch jenen Palazzo Mocenigo, nahe von San Stae, in dem die Textilsammlung ihr Heim hat – einfach ist das nicht.

Wo also hat Richard Wagner gewohnt, in welchem Palazzo Mocenigo hat Byron gewohnt? Und in welchem Herzog Emanuel von Savoyen, der sich hier von den Schlachten von Mühlberg und von Saint-Quentin erholte? Und in welchem Palazzo Mocenigo hat Giordano Bruno gewohnt, ehe er vom Canal Grande auf den Campo di fiori nach Rom wechselte, wo man ihn zum Scheiterhaufen gebracht hat?

Dennoch – lieber verirren als den Stadtplan mitschleppen! Der Blick auf das kleine Stück Papier mag vielleicht auf den nächsten 50 Metern helfen – und über ihm hat man versäumt, was über und neben diesen 50 Metern liegt. Lieber flanieren und verlaufen und stehen bleiben, überlegen und zwecks Neuorientierung die nächste Bar besuchen, wo man schließlich vielleicht doch noch fragt, auch wenn das unüblich ist. Das hat den Vorteil, daß ein Gespräch beginnt, und der Kenntnisgrad des Italienischen spielt dabei keine Rolle.

Wer so durch die Serenissima geht, sich in die Stadt gleiten läßt, sie annimmt, sie im Vaporetto oder per Gondel er-fährt, sich in ihr ergeht, wird sie besser kennenlernen. Ältere ehemalige Kinder erinnern sich an die einstigen Waschtage. Da hat es noch nicht den Tumbler gegeben, noch nicht den Schleudergang der Waschmaschine. Da mußte die Wäsche zum Trocknen aufgehängt werden. Glücklich das Kind, das in einem Garten aufwachsen konnte, der Platz für viel Wäsche geboten hat. Da hingen die duftenden frisch gewaschenen Tischtücher, Geschirrtücher, Leintücher am Wäschestrick, und dazwischen konnte man herumlaufen, in einem überschaubaren Labyrinth, konnte sich verstecken, sich verlaufen, und mußte doch nie Angst haben, nicht mehr herauszufinden.

Es macht den Spaziergang nicht einfacher, daß etliche Straßenbezeichnungen mehrfach erscheinen. Eine »Breite Gasse« gibt es eben nicht nur einmal, und so findet sich eine calle larga in den Stadtteilen Cannaregio und San Polo und Santa Croce, aber auch in Castello und hier gleich zweimal. Das ständige Suchen hat einen weiteren Vorteil – man sieht sich die Häuser genauer an, weil man ja die Namen der Gassen und Plätze braucht, und entdeckt auf diese Weise manche Tafel, manchen Hinweis, der sonst vielleicht unbeachtet geblieben wäre. Und die Steine beginnen zu erzählen – saxa loquuntur.

Eine Grußkarte aus dem Jahre 1931

Saxa loquuntur

Die Steine von Venedig – Erinnerungen an Maler, Dichter, Musiker – Ein Mörser macht Geschichte – S. Sebastiano – Der Mondo Nuovo

Motto der Archäologen, Credo der Denkmalschützer: Saxa loquuntur – Steine sprechen. Das können sie auf verschiedene Weise, es sind ja verschiedene Steine.

Da gibt es den alten Stein, der zu den Wissenden ohne Kommentar spricht, oder den prominenten Stein, der berühmt geworden ist als Königssitz oder als mystisches Symbol. Und es gibt die vielen Gedenksteine, die im wörtlichen Sinne sprechen, deren Inschriften erzählen.

Die Serenissima ist eine Stadt, die den stillen Dank, die Tafel mit der poetischen Inschrift schätzt. Sie ist nicht eine Stadt der heroisierenden Statuen. Hier findet man den weltberühmten Colleoni, der den Venezianern zu deutlich, zu martialisch war. Dann gibt es noch die Denkmäler für Daniele Manin, Niccolò Tommaseo und für Vittorio Emanuele II., die alle aus der Zeit nach dem Ende der Serenissima stammen. Und alle anderen sprechenden Steine sind klein, in Hauswände gemauert, und sie sprechen leise und sind oft voll Poesie. Manche von ihnen finden in diesem Buch an anderer Stelle ihren Platz: die Denkmäler für die Regierung von 1848/49, oder die Statue für Francesco Querini in den Giardini in Castello.

Die Stadt wird zum Lesebuch, durchstreift man sie offenen Auges.

Im Sestiere San Marco, im ältesten Teil der Stadt, finden sich natürlich viele dieser sprechenden Steine. In der Calle Larga de l'Ascension ist auf Nr. 1242 jener zu sehen, den man für Ippolito Caffi angebracht hat. Der Maler kam 1809 in Belluno zur Welt. Von 1827 bis 1829 hat er die Kunstakademie in Venedig besucht.

Der Kampf Italiens gegen Österreich sollte ihm zum Schicksal werden. 1848/49 verteidigte er als Mitglied der Guardia Civica die Stadt. Nach der Niederlage wurde er auf die Liste der 40 Verbannten gesetzt – irrtümlich. Man hatte ihn mit seinem Vetter verwechselt: Michele Caffi. Dieser war 1848 der Anführer des Sturms auf den Palazzo Querini Stampalia gewesen, der damals Sitz des Patriarchen war.

Ippolito Caffi verließ Venedig und kämpfte aus der Ferne gegen Österreich, aus der relativen Ferne – aus dem Piemont, aus der Lombardei. 1866 holte man ihn, damit er vom Admiralsschiff aus den zu erwartenden Sieg gegen die österreichische Marine male. Das Schiff, die »Ré d'Italia«, ging in der Seeschlacht von Lissa unter. Mit ihm starb Ippolito Caffi.

Dem deutschen Maler Anselm Feuerbach begegnen die Leser dieses Buches im Kapitel »Foresti«. Eine Gedenktafel für ihn findet sich an seinem Sterbehaus, am Hotel Luna, in der Calle Larga dell'-Ascension.

Antonio Canovas Kenotaph in der Kirche der Frari ist ein geradezu eindringlich sprechender Stein. Die Inschrift zum Gedenken an seinen Tod sieht man am Sterbehaus, ganz nahe bei San Marco, am Rio Orseolo, am Haus der Banca Nazionale del Lavoro.

Wir sind immer noch im Sestiere San Marco. Am Ramo dei Fuseri hat Goethe gewohnt. Die deutsche Inschrift nennt den Zeitraum: 28.Sept. – 14.Oct. MDCCLXXXVI.

Fünfzehn Jahre zuvor war Wolfgang Amadeus Mozart in Venedig zu Gast. Am Ponte dei Barcaroli nahmen Vater und Sohn Mozart Quartier, im Karneval 1771. Die Gedenktafel am Haus Ponte dei Barcaroli o del Cuoridoro, 1830, im Sestiere San Marco, erzählt, daß der fünfzehnjährige Wolfgang Amadeus Mozart hier der Gast von Freunden war. Und sie hält, 1971 in den Stein gehauen, fest und für wich-

Die Seeschlacht von Lissa, 20. Juli 1866. Das Linienschiff »Kaiser« rammt den »Ré di Portogallo«. Nach einem Gemälde von Harry Häuser

tig, daß Mozart sich in der Stadt Vivaldis und Goldonis aufgehalten hat.

Am 11. Februar trafen Vater und Sohn Mozart in Venedig ein, sie kamen aus Brescia. Bis zum 12. März sind sie geblieben, in einer Stimmung allgemeiner Fröhlichkeit, die in diesen Tagen des Karnevals die ganze Stadt erfaßt hatte, jung und alt, Venezianer und Gäste, arm und reich. Und Wolfgang Amadeus war hingerissen, er lernte viele interessante und wichtige Menschen kennen, wurde von Haus zu Haus gereicht und hatte dazu noch viel Spaß.

Nun wird es in diesem Kapitel turbulent. Das geht nicht anders. Zeitliche Abläufe oder geographische Ordnung haben hier keine Chance. Die Vielfalt der Inschriften ist das Thema.

Also – ein Sprung quer durch die Zeit, ein Spaziergang quer durch das Sestiere bringen uns zum Aufstand des Baiamonte Tiepolo. In den Morgenstunden des 15. Juni 1310 führte der Träger dieses auffällig schönen Namens – wenn man solchen Namen trägt, ist man für Abenteuer prädestiniert – seine heimlich angeworbenen Söldner, die in zwei Abteilungen gegliedert waren, in Richtung Piazza.

Der Plan war ein klassischer, eine Zangenbewegung. Die Truppe des Dogen sollte von der einen Kolonne – sie kam von der westlichen Seite der Stadt – überfallen werden, während die zweite Gruppe von der Merceria her den Palazzo Ducale einnehmen sollte. Diese wurde von Tiepolo selbst geführt. Die Rebellen näherten sich der Torre dell'Orologio, die Chancen standen gut für sie.

In der Wohnung über dem Eingang zur Calle del Capello nero wurde gekocht. Eine ältere Dame wurde neugierig, als sie den Lärm unter ihrem Fenster hörte, sie beugte sich vor, und hatte das Glück, daß ihr der Mörser vor Aufregung aus der Hand fiel. Das führte zu einer mietzinssichernden Maßnahme. Er traf den Träger der Rebellenstandarte mit aller Wucht und legte ihn um. Die Baiamonte-Truppen sahen ihren Fähnrich fallen, hielten alles für verloren und rannten in Richtung Rialto zurück. Der Aufstand war abgesagt.

Der Doge gab der Mörserbesitzerin die Möglichkeit, einen Wunsch zu äußern. Sie bat um den erwähnten Zinsstopp und das Recht, jedes Jahr den 15. Juni durch Aufstecken einer Fahne zu feiern. Beides wurde gewährt. Die Fahne behielt ihre Rolle bis zur Demolierung des Hauses im 19. Jahrhundert. Der Neubau wurde mit einem Erinnerungsstein geschmückt, der den Mörser und seine Besitzerin zeigt.

Immer wieder sieht man eine Gondel in den Stein gehauen – bei der »Madonna dei Gondolieri« am Ponte della Paglia, auf einem Grabstein in der Kirche von San Sebastiano. Und diese Kirche ist als Ganzes ein sprechender Stein, ein singender Stein, der seinen Schöpfer lobt, der auf diese Weise seinerseits seinen Schöpfer gelobt hat. Paolo Veronese hat für diese Kirche nicht nur einige Werke geschaffen, sondern einen ganzen Zyklus, und er hat ihr zudem mit diesem Bilder-Programm ein Gesamtkonzept gegeben. Giorgio Vasari nennt Veroneses Kunst »freudevoll«, das ist sie, und sinnlich, ja witzig. So stellt man sich die Serenissima des 16. Jahrhunderts vor, voll prachtvoller Details, festlich, aufregend. In S. Sebastiano, neben der Orgel, liegt Veroneses Grab.

Kehren wir zurück aus dem Sestiere Dorsoduro nach San Marco. Denn dort steht Veroneses Haus. In der Salizada San Samuele, 3337, hat er einen großen Teil seines Lebens verbracht, im eigenen Haus. Er hatte auch ein Landgut. Also war er wirtschaftlich erfolgreich, und das erklärt, zusammen mit der Liebe dieses Veronesers zu seiner Wahlheimatstadt Venedig, weshalb er ein Angebot des spanischen Königshofes abgelehnt hat.

Die Inschrift nennt Paolo Veronese einen »unsterblichen triumphierenden Meister«, und sie nennt das Datum, an dem er in seinem

Gian Domenico Tiepolo (1727 Venedig – 1804 Venedig) »Il mondo nuovo«

Haus gestorben ist: den 19. April 1588. Hier, in der Pfarre San Samuele, war Casanova zuhause – davon ist in einem eigenen Kapitel ausführlich die Rede. Da wird auch der Palazzo Malipiero genannt, und in diesem Palazzo ist einer der wichtigsten Komponisten der Stadt gestorben: ein behutsamer, humorvoller, zutiefst venezianischer Musiker, Ermanno Wolf-Ferrari.

Er trug diesen Doppelnamen wie ein Programm – der Vater war ein deutscher Maler, die Mutter die Enkelin des letzten Sekretärs, das entspricht etwa einem Magistratsdirektor, der Serenissima. Und zwischen dem italienischen und dem deutschen Raum bewegte sich sein Denken, sein Leben. Er hat mehrere der wichtigsten Werke seines Landsmannes Goldoni als Grundlage für eine Oper genützt, und er hat wie dieser viele Jahre seines Lebens im Ausland verbracht.

Wolf-Ferrari wollte zuerst Maler werden wie sein Vater, hat in Venedig studiert, aber auch in München. Er hat in Venedig unterrichtet, aber auch in Salzburg, hat in München viele Jahre verbracht – und ist im Alter heimgekehrt. Hier ist er am 21. Jänner 1948 gestorben. Von Wolf-Ferrari wird noch im allerletzten Kapitel zu sprechen sein – von seinem letzten Weg, dem Weg nach San Michele.

In Venedig gab es, wie überall in Europa, die Kirchhöfe rund um die Gotteshäuser. Im 18. Jahrhundert, mit der Aufklärung und angesichts der wachsenden Zahl der Lebenden und der Toten, machte man diesen vielen kleinen Totenäckern ein Ende. So entstand also ein großer zentraler Friedhof, und alle kleinen Kirchhöfe wurden aufgelassen, die Särge exhumiert, die Plätze bekamen neue Aufgaben. Ergo spaziert man ahnungslos durch die Gassen von San Marco, nähert sich dem Ponte Accademia und damit dem Sestriere Dorsoduro, und steht plötzlich auf einem kleinen Platz mit Namen Campo dei Morti. Seltsam, denkt man, inmitten des Lebens, seltsam.

Und dann fällt der Blick auf einen winzigen Gedenkstein an einem Haus und man erfährt, daß dieser Campo noch im Biedermeier ein Cimitero war, ein Friedhof. 1838 hat man ihn endgültig aufgelassen, aber den Namen hat der Ort behalten.

Nun, unter Campo dei Morti mag man sich noch irgendetwas vorstellen, errät vielleicht am Ende den Grund für den verwirrenden Namen – aber unter »Mondo novo«?

Es gibt eine Calle del Mondo Nuovo, es gibt ein Gasthaus mit diesem Namen, in der Salizada S. Lio. Die Bezeichnung des Restaurants wie der Gasse hat nichts mit »Neuer Welt« zu tun, im Sinne von Columbus, Cortez & Co. Nur von ganz fern klingt die Sehnsucht nach einer Atlantiküberquerung aus diesem Gasthausnamen – »Al mondo novo«.

Gaetano Zompini (1700–1778), »Venezianische Kaufrufe«, 1785. »Il mondo nuovo.«

Der Mondo nuovo war eine Art Jahrmarktsattraktion. Aus ihr gingen das Rundgemälde hervor und das Panorama, der Diavortrag und das Kino. Da konnte man durch ein Guckloch in einen großen Kasten schauen, in dem, von Lichteffekten und optischen Tricks unterstützt, eine gemalte, später lithographierte Landschaft, eine Hafendarstellung, auch eine Schlachtenszene oder ein Schiffsuntergang das Publikum zum Staunen brachten. Da aber vor allem und zuerst der Hunger nach Informationen über die jüngsten Entdeckungsreisen gestillt werden sollte, bekam man jagende Indianer und flüchtende Büffel, grasende Gnus und lauernde Zulus zu sehen, und das Ganze wurde eben »Die Neue Welt« genannt – Mondo nuovo. Gian Domenico Tiepolo führt uns vor Augen, wie so etwas ausgesehen hat.

Venedig ist voll von sprechenden Steinen. Wer nimmt sich die Mühe und geht im Parterre des Palazzo Ducale von einer Säule zur nächsten und wieder zur nächsten und freut sich über die vielen verschiedenen Einzelheiten, die sich nicht wiederholenden Kapitelle? Da sieht man Blüten, Mädchen und Ranken, und keine Säule gleicht ihrer Nachbarin.

Die Stadt des Geheimnisses und der Überraschung ist eine Frau. Paris, Wien, London, Berlin – Männer. Und Venedig ist eine Frau. Und so gibt sie nicht auf der Stelle ein Geheimnis preis, aber sie läßt dem Verehrer eine Chance. Sie läßt die Steine sprechen.

Der Kaufmann von Venedig

Shakespeare und Max Reinhardt – Marco Polo – Die erste Staatsbank der Geschichte – Der Rialto – Bankenkrisen – Der Kaufmann als Entdecker – Caboto – Querini – San Marco

Seit einer Reihe von Jahren dem Einfluß der von der Kunstgeschichte viel zu wenig gewürdigten Architektur Venedigs auf die Baukunst Italiens und Deutschlands nachgehend, hatte ich im heutigen Bau des Salzburger Domes und in dem schon öfter publizierten Grundrißentwurf von Vincenzo Scamozzi aus dem Jahre 1606 viele venezianische Baugedanken erkannt.« Der Kunsthistoriker Richard Donin hat dieser Verbindung einen großen Teil seines Lebenswerks gewidmet.

Salzburg und Venedig – Verwandtschaft, die man heute nicht auf den ersten Blick konstatieren kann. Aber sie ist offenbar vorhanden. Vincenzo Scamozzi, geboren in Vicenza im Jahr 1552, hat sich einen »Architetto Veneto« genannt. Er hat seinen Stil von Italien nach Salzburg gebracht, in das »Rom des Nordens«, hat den Plan für den heutigen Salzburger Dom geschaffen, der allerdings nach Scamozzis Tod abgeändert wurde. Und er hat die Plätze rund um diesen Dom geplant.

Ein Mann, den seine Zeitgenossen als einen Zauberer bezeichnet haben, hat sich für Salzburg wie für Venedig begeistert, hat hier wie dort seine unübersehbare Spur hinterlassen. Max Reinhardt hat mit Hugo von Hofmannsthal und Richard Strauss die Salzburger Festspiele gegründet. Und er hat, mit dem Ideal des Teatro La Fenice vor Augen, aus dem Theater in der Josefstadt ein Stück Venedig in Wien geformt. Und in Venedig selbst hat Reinhardt eine Aufführung zuwege gebracht, die keine Nachfolge gefunden hat: Im Biennalesommer 1934 hat er den »Kaufmann von Venedig« von William Shakespeare inszeniert, am Originalschauplatz also. Als Theater diente ihm der Campo San Trovaso, nahe den Zattere.

In Salzburg hatte Max Reinhardt Goethes »Faust« in einem legendär gewordenen Bühnenbild inszeniert, in der Faust-Stadt, in einer nachgebauten mittelalterlichen kleinen Stadt.

Und hier in Venedig fand er ein fast fertiges Bühnenbild vor: den Rio Ognisanti und die Brücke, eine hohe Mauer, dahinter alte Bäume, die originalen Häuser. Darin nun entfaltete sich die Handlung – das Licht der Morgendämmerung, Kirchenglocken, frühe Gondeln auf dem Kanal, ferne geistliche Gesänge, schließlich die ersten Auftritte der jungen Venezianer in Gondeln, und dann das Erscheinen des Juden Shylock im gelben Kaftan, über die Brücke. Shylocks »Was Neues am Rialto?« ist fast zum Sprichwort geworden. Prominente italienische Schauspieler waren von der Biennale, dem Produzenten, engagiert worden: Memo Benassi gab den Shylock, und die Porzia war Marta Abba, die Freundin Luigi Pirandellos. Victor de Sabata leitete die Bühnenmusik.

Der italienische Kronprinz erschien zu der Premiere im schnittigen Lancia-Motorboot, mit dem er inmitten des Shakespeare-Venedig ankam, und hatte also auf diese Weise den ersten Auftritt des Abends über die Stufen der Brücke.

Was hat Shakespeare bewogen, die Probleme und Verbindungen der Juden und der Christen von Venedig zur Basis seines Dramas zu machen, dem Werk diesen authentisch wirkenden Hintergrund zu geben? Wieso ist das nicht ein »Kaufmann von Genua« oder »... von Athen«?

Die Seefahrt hatte im 15. Jahrhundert an Bedeutung noch einmal zugenommen, im folgenden Jahrhundert abermals. England übernahm auf einem speziellen Gebiet in diesen Jahren die Führung: der staatlich geförderten Freibeuterei. Bis in die Levante kamen die Piraten. In diesen Jahren, zwischen 1597 und 1601, hat Shakespeare seinen »Kaufmann« geschrieben. Die Titelfigur, ein Kaufmann namens Antonio, wartet im Laufe der Handlung auf Nachricht von seinen Schiffen, die auf hoher See unterwegs sind. Aber oft genug warteten die Kaufleute von Venedig nicht auf Nachrichten, sie waren selbst mit ihren Schiffen unterwegs. Denn die Macht dieses venezianischen Handelsstands hatte ja in den Kenntnissen, in der Tradition der Seemacht Venedig ihre Basis.

Zu den ersten und zu den erfolgreichsten reisenden Kaufleuten der Serenissima gehörten die Polos: Maffeo, sein Bruder Niccolò und dessen Sohn Marco. 1271 brachen sie zu ihrer großen Reise auf, ungefähr 15 Jahre waren sie unterwegs. Als sie 1286 – nach anderen Quellen erst um 1295 – heimkehrten, hat man sie nicht mehr erkannt, hat nicht mehr mit ihrer Rückkehr gerechnet, hat sie schon seit langer Zeit für tot gehalten.

Folgende Bildseite: Antonio Canal »Die Rialtobrücke von Süden«, 1724/25

Dieser weltberühmt gewordenen Handelsreise war schon eine frühere der Brüder Polo senior vorausgegangen, noch vor Marcos Geburt. Sie war erfolgreich gewesen, sie hatte gute Kontakte ergeben, die man nun nützen konnte. Dennoch: Ohne die umfassende Information, wie wir sie uns heute vor einem Reiseantritt besorgen können, sind sie auf ihr Schiff gegangen und ins Unbekannte losgezogen. Sie erreichten Zentralasien, kamen bis Kanton, an den Jangtsekiang, nach Ceylon, nach Persien, nach Indien.

Jahre später diktierte Marco Polo seine Reiseerinnerungen. Er hatte viel Zeit dafür.

Im Krieg Venedigs gegen Genua war er in Gefangenschaft geraten, in diesen Jahren verfaßte er sein Buch. Er wurde später freigelassen, kehrte heim, heiratete. Und er erzählte und erzählte ... Manches wollte man ihm nicht glauben. Doch bald erfuhr man, daß alles wahr war: Andere Reisende bestätigten die Berichte der Herren Polo. Da war stets von der großen Macht des Kublai-Khan die Rede, vom Glanz an den Fürstenhöfen Asiens, den unvorstellbaren Reichtümern.

Und weil Marco Polo in diesem Zusammenhang stets von Millionen sprechen mußte – Einwohnern, Goldmünzen, Jahreseinkünften – bekam er bald den Spitznamen »Marco Milioni«. Und dieser Name hat sich erhalten bis heute. Das Haus der Familie Polo steht nicht mehr, aber dessen Hof gibt es ebenso wie den Hausnamen. Diesen Hof, Corte del Milion, findet man, wenn man vom Campo San Bartolomeo zum Fondaco dei Tedeschi in die Calle del Milion spaziert. Da kann man sich vorstellen, wie vor 700 Jahren die drei wettergegerbten Männer, die nicht mehr wie venezianische Patrizier aussehen konnten, vor ihren mißtrauischen Verwandten, ihren naserümpfenden Dienern gestanden sind: in einfachen Kleidern, in deren Nähten Smaragde, Diamanten, Rubine, Saphire in großer Zahl eingenäht waren, ein legendär gewordener Schatz.

Diese Geschichte von seefahrenden Kaufleuten findet somit ihr glückliches Ende, wie auch jene von Shakespeares Kaufmann ihr gutes Ende für den Christen nimmt, nicht aber für den armen Shylock.

Als die Polos zu ihrer großen Reise aufbrachen, konnte die Staatsbank von Venedig schon mit der Planung ihrer 100-Jahr-Feier beginnen. Gegen Ende des 11. Jahrhunderts ist der Banco di Giro gegründet worden. Rund um den Rialto hatte man gehandelt, hatte Bargeld gegen Ware getauscht, hatte gewechselt, und nun kam man auf die Idee, Bargeld nicht Tag für Tag selbst auf die Brücke zu tragen, sondern es irgendwo versteckt rund um die Brücke liegen zu lassen – zugegeben, eine etwas vereinfachte Erklärung, aber sie trifft das Wesentliche. Die erste staatliche Bank der modernen Geschichte war gegründet.

Wenn wir an Bank und Bankgeschichte denken, fällt uns die Toscana ein, der Florin, oder die Lombardei, der Lombard-Credit. Aber die Ur-Heimat des modernen Bankwesens liegt in Venedig.

»Bankrott« kommt von »banco rotto«, der »gebrochenen Bank«, auch ein aus dem Venezianischen stammender Ausdruck. Und ein weiterer klassischer Begriff der Geldwelt stammt ebenfalls vom Rialto, die »doppelte Buchführung«, erfunden im Jahre 1494 von Luca Bacioli in Venedig.

Jakob Fugger, der Erste unter den Kaufleuten Deutschlands, war von der neuen Erfindung so beeindruckt, daß er sie schnellstens über die Alpen in sein heimatliches Augsburg mitnahm.

Was Fugger nicht mitnehmen, sondern in Venedig zwecks weiteren Handels lagern wollte, fand Platz im Fondaco dei Tedeschi. Man muß sich darunter eine Verbindung von Speicher und Geschäftszentrum, Treffpunkt und Gasthof der Kaufleute aus dem deutschen Raum vorstellen, eine Art abendländische Karawanserei. Vielen Ve-

Selbst in Paris um 1900 …

nedig-Besuchern ist das Gebäude durch seine spätere Funktion als Hauptpostamt vertraut.

Dieses gewaltige Warenlager nahe dem Rialto war für den deutschen wie den internationalen Handel von großer Bedeutung, und hat seinen Platz selbst in der Kunstgeschichte.

In einer Nacht des Januar 1505 brach im Fondaco dei Tedeschi ein Brand aus. Man wurde seiner nicht Herr. Selbst der auf die flehentlichen Bitten zu San Marco einsetzende Regen brachte keine Hilfe. Zwar gab es genügend Wasser aus dem Canal Grande, an dem der Fondaco lag und liegt, aber die zahllosen Neugierigen – das war wohl

… Venedig dient dem Handel. Kaufhausreklame

schon immer so – behinderten die freiwilligen Wasserträger, die Gassen waren unpassierbar. So ließ sich auch kaum etwas von der im Fondaco bewahrten Ware retten.

Zu den vielen Helfern hatten auch zwei junge Maler gehört. Beide entstammten nahegelegenen Orten, der eine war aus Pieve di Cadore, der andere aus Castelfranco Veneto. Der ältere Maler ist uns als Giorgione vertraut, der jüngere als Tizian. Als das abgebrannte Gebäude wiedererrichtet wurde, bekamen beide junge Maler Aufträge. Giorgione wurde der Hauptfassadenschmuck übertragen, Tizian die Gestaltung der seitlichen Außenwände.

Davon ist heute leider kaum mehr etwas zu sehen. Die Erhaltung der Fresken entlang des Canal Grande ist wegen der Feuchtigkeit immer schon problematisch gewesen, Abgase und allgemeine Umweltverschmutzung haben das ihrige dazu getan. Immerhin, die reiche Galerie der Accademia ist im Besitz eines Freskenfragments von Giorgione. Dieses Bruchstück gehört zu den wenigen Werken des Meisters, deren Herkunft unumstritten ist. An der Seite in Richtung Rialto-Brücke kann man noch eine Ahnung von Tizians Arbeit sehen, von »Judith und Holofernes«, dem ersten Werk des Malers, das die Kunstgeschichte kennt.

Alle Neuerungen im Bankwesen Venedigs führten zu großem Wohlstand, jahrhundertelang. Aber sie konnten damals so wenig wie heute Garantien für ewige Sicherheit geben. 1491 mußte der Bankier Soranzo sein Institut schließen, 1499 war die Firma Garzoni ein banco rotto. Ihm folgte kurz danach der Banco Lipomani.

Amtlicherseits wurde die Stützung der beiden letztgenannten Banken beschlossen, die Rettung war aber keine endgültige. 1504 war Lipomani wieder soweit, war illiquid, war insolvent. Die Lipomani-Bank zog andere Banken mit ins Verderben – zuerst das Bankhaus Pisani, dessen Besitzer Alvise Pisani in arge persönliche Bedrängnis kam: Seine Kundschaft reagierte höchst aufgebracht. Capello und Agostini waren die nächsten Opfer. Es war keine gute Zeit für die Serenissima.

Das lag nicht an irgendwelchen unglückseligen Spekulationen, es lag an der Zeit selbst: Der Portugiese Vasco da Gama hatte einen neuen Handelsweg entdeckt, die Portugiesen übernahmen die führende Position im Gewürzhandel. Der Kurswert für Pfeffer sank am Rialto auf ein Fünftel der bisherigen Notierung.

In ihrer Panik suchten die Kaufleute nach neuen Wegen, und einer dieser Wege sollte ein Durchbruch vom Mittelmeer zum Roten

Meer sein, doch dazu kam es nicht. Erst fast vier Jahrhunderte später sollte es soweit sein, als der Suez-Kanal eröffnet wurde – nach dem Plan des österreichisch-italienischen Ingenieurs Negrelli, nach dessen Tod durchgeführt von dem Franzosen Lesseps. Die Vision aber war schon um 1500 aufgetaucht.

Venezianische Kaufleute – das bedeutet weit mehr als nur Gewürzhandel, Hochseerisiko, Kalkül. Es bedeutet Mut, Ideenreichtum, Entdeckergeist, technisches Wissen, Investitionswillen und Bereitschaft zur Zusammenarbeit mit Diplomaten, Erfindern, Politikern, Geographen, Künstlern, Handwerkern, Kapitänen.

Die Privatgemächer der Dogen im Palazzo Ducale berichten von der Geschichte der Serenissima. Landkarten und Globen erzählen vom Wagemut der Entdecker, von Alvise da Mosto und den Kapverdischen Inseln, von Niccolò und Antonio Zen und ihrer Grönland-Reise, von Vater und Sohn Caboto.

Giovanni Caboto ist in Genua oder, viel weiter südlich, in Gaeta zur Welt gekommen – man ist beim Geburtsort ebensowenig sicher wie beim Geburtsdatum – um 1450. Ab 1461, als Kind also schon, lebte Giovanni in Venedig, erlangte 1476 das Bürgerrecht und bereiste auf seinen Handelsfahrten die Länder der Levante. Um 1490 übersiedelte er nach England, nach Bristol. Mit einem Patent des englischen Königs Heinrichs VII., von seinem Sohn Sebastiano begleitet, fand er auf zwei großen Reisen neue Wege, kam nach Cap Breton, Labrador, Grönland. 1498 starb Giovanni, der mittlerweile zum John geworden war, in London.

Auch Sebastiano Cabotos Geburtsjahr steht nicht fest, er kam 1474 oder 1483 in Venedig zur Welt. Seine Fahrten führte er zum Teil in englischen, zum Teil in spanischen Diensten durch. 1544 schuf er seine berühmte Weltkarte.

Im spanischen Auftrag kam er bis Brasilien, an den Rio de La Plata, und beinahe hätte er einen neuen Weg nach China gefunden. Das Eis verhinderte 1517 seine Fahrt durch die von ihm zwar entdeckte, aber nicht mehr durchfahrene Meeresstraße, die seit dem 17. Jahrhundert Hudson-Straße genannt wird.

Sebastiano Caboto regte später, wieder in England, die Gründung einer Handelsgesellschaft an, die er ab 1553 leitete. Ihr Zweck war die weitere Förderung der Seefahrt, und sie trug den Namen Merchant Venturers. Merchant – und nicht Scientist oder ähnlich. Auch er sah sich vielleicht als Abenteurer, sicher als Kaufmann und sicher nicht als einen wissenschaftlich motivierten Entdecker.

Deutlich wird diese Entwicklung, der Unterschied im Selbstverständnis, am Schicksal mehrerer Mitglieder der großen Familie Querini.

Ein Querini hatte auf seinen Handelsreisen eine für Venedig neue Form der Fischkonservierung kennengelernt – getrockneten Fisch, also Stockfisch, im Italienischen Baccalà oder auch Stoccafisso.

Nun wurde Querini zum Hauptabnehmer der Stockfischproduktion an der Westküste Europas. Das war also eindeutig eine der Erleichterung der Handelsschiff-Fahrt dienende Neuerung. Sie wird sich wohl auch unter den Waren befunden haben, mit denen Jahrhunderte später Pietro Querini im Norden Europas unterwegs war. Er ist »in den Fjorden Norwegens ertrunken«, in den Wohnräumen des Dogen wird an ihn erinnert.

Wiederum Jahrhunderte später kam ein weiteres Mitglied der Familie Querini im hohen Norden ums Leben – aber eben nicht mehr als reisender Kaufmann, sondern als Polarforscher.

Im Jahre 1867 geboren, nahm Francesco Querini 1899 auf dem Schiff »Stella Polare« an einer Forschungsexpedition teil, unter der Leitung des Duca degli Abruzzi. Über Franz Josef-Land kamen die elf Männer bis zur Küste der Rudolfs-Insel. Anfang September kam der Wintereinbruch, das Schiff geriet in Gefahr, vom Eis zerdrückt zu werden. Der Expedition gelang es noch, zum nördlichsten bis dahin erreichten Punkt der Erde zu gelangen, bei 86°34'. Dann ging es zu Ende. Der Duca degli Abruzzi hatte nach schweren Erfrierungen die Leitung aufgeben müssen. Francesco Querini starb und blieb im ewigen Eis. Eine Gedenktafel an seinem Wohnhaus erinnert an ihn, mehr aber noch ein ungewöhnliches Denkmal in den Giardini di Castello. Da sitzt er in der Forscherkleidung seiner letzten Reise, von zwei Hunden flankiert.

Der Name Querini erscheint immer wieder in der venezianischen Geschichte – der Palazzo Querini Stampalia in S. Maria Formosa gehört zu den unumgänglichen Zielen jedes Venedig-Reisenden. Viele der großen Familien Venedigs verdanken ihren Reichtum dem Handel. Wer die Ca'Rezzonico besucht, sieht sich umgeben von Symbolen, die wie Trophäen die Wirtschaft verherrlichen, und nicht, wie in anderen Palästen, die Wissenschaften oder die Kriegskunst.

Gehandelt wurde mit allem – nicht nur mit Stockfisch und gepökeltem Fisch, mit Gewürzen, Wein, Olivenöl, Waffen, Getreide, Stoffen. Auch der Sklavenhandel war, das gesamte Mittelalter hindurch, eine nicht verpönte Einnahmequelle. Dieselben Kaufleute, die eben noch den heiligen Markus um Fürsprache bei Jesus Christus angefleht hatten, ließen gleich darauf eine neue Ladung Sklaven löschen.

Von großer Bedeutung war der jahrhundertelang florierende Handel mit Reliquien. Zu den bedeutendsten Angeboten auf diesem Handelssektor zählte jene Reliquie, die Venedig die Identität verschaffte, die zum nicht steigerbaren Symbol geworden ist – die sterblichen Überreste des Evangelisten Markus.

Keine Stadt ist so eng ihrem Schutzheiligen verbunden wie Venedig. Nicht Budapest und sein heiliger Gellért, nicht Florenz und San Giovanni, ja nicht einmal Rom und San Pietro sind einander so nahe wie Venezia und San Marco. Denn der Schutzheilige ist weit mehr als geistlicher Patron, sein Name diente als Kriegsruf durch die Jahrhunderte. San Pietro in Rom, das bedeutet auch einen Platz – San Marco in Venedig aber bedeutet den Platz schlechthin, den einzigen Punkt in der Stadt, der die Bezeichnung Piazza trägt.

Aber warum und wie San Marco in seine Basilica und zu seinem Platz gekommen ist, das ist eine andere Geschichte.

Die Kurtisanen

Der Korso der Kurtisanen – Wo waren die Damen zu finden? – Zeitzeugen – Der Katalog der Kurtisanen – Zahlungsmoral und ihre Folgen – Ein literarischer Streit – Der Niedergang dieses Berufs

Ausgerechnet der »Rio della Sensa« diente den Kurtisanen zur Werbung. Das hatte sich nicht irgendwie ergeben, das war die Folge einer gesetzlichen Bestimmung. Der Staat, der sich um alles, also auch um die Prostitution kümmerte, hatte den Damen diesen Kanal zugeteilt, der den Namen des höchsten Festes der Serenissima trug. Andere Kanäle waren den Damen für ihre Werbefahrten nicht gestattet.

So kam es zum Korso der Kurtisanen, an den Ufern begleitet von den sehnsüchtigen Blicken der potentiellen Kunden, der potentiellen, aber nicht zugelassenen Kolleginnen, und der einfach Neugierigen.

Dieser Wasserstrich war nur zeitweise in der Lage, die wachsende Nachfrage zu befriedigen. Auch andere, vom Rio della Sensa weit entfernte Stadtteile, trugen dazu bei, den Umsatz zu erhöhen.

Die Nähe zum Wirtschaftszentrum, zum offiziellen Banco di Giro, und zu den anderen Bankhäusern rund um den Rialto, hatte natürlich ihre Vorteile. Reisende Kaufleute erschienen hier zu allen Jahreszeiten, und auch wer in Venedig selbst zuhause war, suchte wohl manchmal, auf Abwege zu gelangen.

Daß es auch noch andere Gegenden gab, in denen man sein kurzes erotisches Glück machen konnte, davon legt eine Brücke Zeugnis ab – wie so oft in Venedig. Es hat eben alles hier mit Wasser zu tun, und mit Kanälen, Brücken, Schiffen.

Der Ponte delle Tette liegt zwischen den Sestieri Santa Croce und San Polo. Ein kurzer Kommentar ist hier am Platz: Der des Venexian nicht mächtige Besucher wird immer wieder »S. Crose« lesen, und doch ist Santa Croce gemeint. Der gleitende Übergang zwischen Italienisch und Venezianisch, also Italian und Venexian, pocht auf sein Recht. Hier kann man sich getrost ein X für ein S vormachen lassen – es heißt also »Venessian« und nicht »Veneksian«. Und Crose meint Croce, man hat sich nicht verlaufen.

Zurück zum Thema, dem Ponte delle Tette. Zwischen S. Polo und S. Croce also findet man, über den Rio S. Cassiano, diesen Ponte mit dem ungewöhnlichen Namen. Nicht einmal im sinnenfrohen St. Pauli in Hamburg gibt es so etwas! Dort heißt die Herbertstraße nicht »Gasse der Brüste« oder ähnlich, hier in Venedig gibt es diese »Brücke der weiblichen Oberkörper«, womit eine sehr vorsichtige Übersetzung angeboten wird. Besucher von heute werden ohne Erfolg die Fenster nach dem namengebenden Symbol absuchen. Doch bis ins 18. Jahrhundert, das sogenannte »galante«, hat man hier sehen können, wie die Damen ihre Werbeabteilung aus den Fenstern schauen ließen.

Daß die Erinnerung daran lebendig ist, davon legt ein Lied Zeugnis ab, eine Art Schlager. Der Text schwärmt von den ungewöhnlichen Bezeichnungen für Verkehrsflächen, die ein junger Mann beim Spazierengehen bemerkt: »Wie sie keine Stadt der Welt sonst hat ...«, von der Priestergasse, der Nonnengasse, der Paradiesgasse ... Die Freundin geht so gerne zu der Seufzerbrücke, aber der Spaziergang endet eben doch immer am Ponte delle Tette. Der intellektuell nicht wirklich anspruchsvolle Text ist ja nebensächlich. Aber wo sonst gibt es solch eine Brücke und dann auch noch das Lied zur Brücke?

Das Gewerbe hat quer durch die Geschichte der Serenissima geblüht. Michel de Montaigne erzählt davon im 16. Jahrhundert, Thomas Coryate im 17., Giacomo G. Casanova im 18. Jahrhundert, Johann Gottfried Seume im frühen 19., und von manchen berühmten Besuchern der Serenissima wissen wir, daß sie auch später noch ihre eigenen diesbezüglichen Erfahrungen gemacht haben.

Richard Wagners Freund Paul von Joukowsky erzählt in einem Brief an Malwida von Meysenbug vom 22. Februar 1883: »Man sagt, es wären viele falsche Gerüchte gewesen über unseres Meisters Tod.« Und er berichtet dann, wie es wirklich war. Immer wieder bekommt man zu hören, worum es in diesen Gerüchten ging, aber es gilt als ganz sicher, daß Wagner im Palazzo Vendramin Calergi und nicht woanders gestorben ist.

Der Katalog der angesehensten und gesuchtesten Kurtisanen, 1547 gedruckt, nennt 215 Adressen. Damit waren freilich nicht irgendwelche erotischen Akrobatinnen gemeint, die einfach ihre körperlichen und nicht unbedingt raffinierten Möglichkeiten anboten. Diese 215 ersten Adressen gehörten Damen, die von großem Lieb-

Folgende Bildseite: Gabriel Bella (1730–1799) »Der Corso der Kurtisanen auf dem Rio della Sensa«, 1782

Corso Delle
In Rio Della

reiz waren und auch gebildet, mit denen man nicht nur der körperlichen Ertüchtigung wegen verkehrte, sondern auch geistigen Austausch suchte. Das spielte schon stark hinüber in Geishanähe …

»Das ist der Katalog der wichtigsten und geehrtesten Kurtisanen von Venedig, ihrer Namen, der Räume, wo sie wohnen, der Stadtteile, in denen ihre Räume liegen, und auch der Zahl der Denare, die jene gentiluomini zu bezahlen haben, die ihre Gunst zu erreichen trachten. Venedig, 1547.« Da gab es Diana, das »Wiesel« genannt, sie wohnte am Rio della Formosa, oder Paolina in S. Lucia. Alles in allem, die Vertreterinnen aller Grade zusammengezählt, gab es am Höhepunkt dieses Wirtschaftszweigs rund 20 000 Mitglieder.

Der große reisende Philosoph und Aphoristiker Michel de Montaigne ist ein wenig enttäuscht. Die viel gerühmte Schönheit der venezianischen Kurtisanen kann er bei seinem Besuch der Serenissima im Herbst 1580 nicht bestätigen, »… obwohl er die vornehmsten von denen, die damit Handel trieben« gesehen hat.

Dagegen fand er es erstaunlich, sie in so großer Zahl zu treffen. Ungefähr 150 trieben an Möbeln und Kleidung den Aufwand einer Prinzessin. »Dabei haben sie keine andere Verdienstquelle als eben diesen Handel …«

Thomas Coryate – er war zwischen Pfingsten 1608, das kirchliche Fest fiel in den Mai, und Mitte Oktober unterwegs – hat in Venedig das Überangebot an willigen, wenngleich kostspieligen Mädchen kennengelernt, von dem er schon gehört hatte: » … denn der Ruf der venezianischen Kurtisanen ist weit und breit bekannt … Eine Frau, die diesem Gewerbe obliegt, führt ihre Berufsbezeichnung zurück auf das Wort CORTESIA, was ungefähr Gefälligkeit bedeutet …«

Und er ist über die hohe Zahl von Kurtisanen verwundert: »Man schätzt, daß in der Stadt selbst und in den nahen Ortschaften Murano, Malamocco und anderen wenigstens zwanzigtausend von ihnen existieren, von denen viele bereit sind, ihren Köcher für jeglichen Pfeil zu öffnen.«

Daß die Venezianer selbst nicht mit Strenge gegen diesen Zustand vorgehen, sondern vielmehr mit großer Nachsicht, ja mit vielen Gunstbeweisen, das haben sie nun zu büßen, sie werden von Coryate getadelt. Eine Erklärung meint der englische Reisende, darin zu erkennen, daß es Absicht der Ehemänner sei, auf diese Weise zu verhindern, daß die eigenen Ehefrauen auf Abwege geraten, weil ja, sozusagen, das Konkurrenzangebot zu groß ist … »Denn man könnte ihnen selbst leicht Hörner aufsetzen, was für einen Venezianer die größte Schmach ist.«

Doch andererseits ist Coryate gerade über diesen Umstand sehr erstaunt, denn »… man bekommt die Frau eines vornehmen Venezianers nur selten zu Gesicht.« Auch würde durch die von den Kurtisanen bezahlten Steuern ein ganzes Dutzend Galeeren erhalten werden, was also dem Staat eine bedeutende Summe erspart.

»Wenn du einen ihrer Paläste betrittst – einige wenige der vornehmsten unter ihnen leben in Gebäuden, die so stattlich und eindrucksvoll sind, daß sie auch den Besuch eines Fürsten rechtfertigen – glaubst du, in den Palast der Venus gekommen zu sein.«

Der Besuch eines dieser Traumpaläste und die Konsumation der verschiedenen erotischen Offerten wird auch im frühen 17. Jahrhundert zum Anfang eines Abenteuerurlaubs, wenn man nicht bezahlt:

»… Solltest du dich mit List voreilig aus dem Staub machen wollen, wird sie dafür sorgen, daß dir von ihrem Kuppler die Kehle durchgeschnitten wird, oder sie wird veranlassen, falls man dich findet, daß du verhaftet und in den Kerker geworfen wirst, wo man dich so lange festhält, bis du alles, was du ihr schuldest, auf Heller und Pfennig bezahlt hast.«

War einer nun tatsächlich auf erotische Abwege geraten und nicht in der Lage, für den Spaß auch zu bezahlen, und stürzte jetzt also aus dem Siebenten Himmel der Venus auf das Stroh der Kerker von San Marco, so gab es zwei Möglichkeiten: Hatte man irgendeine Möglichkeit, zu Geld zu kommen, so war ja die Sache ausgestanden. Der von seinem Steckenpferd allerdings selbst gerittene gefangene Freier konnte dieses Geld aber ebenso zur Akquisition neuer Abenteuer einsetzen. Denn sogar die berüchtigten und gefürchteten Zellen, die direkt dem Rat der Zehn unterstanden, boten ihren Einliegern gerade auf diesem Sektor interessante Angebote. Immer wieder wollte man den Mißständen ein Ende machen, aber Natur und Trinkgeld waren stärker. So gibt es zum Beispiel aus dem Jahr 1627 eine schriftliche Unmutsäußerung des Rates der Zehn über den Mißstand, daß immer wieder Frauen ins Gefängnis gelassen würden – Ehefrauen, Geliebte, Prostituierte.

Das Thema der Prostitution in ihren verschiedenen Erscheinungsformen begleitet die Serenissima durch die Jahrhunderte. Noch im späten 19. Jahrhundert hat sich aufgrund einer einschlägigen Frage ein Historikerstreit entwickeln können.

Giuseppe Tassini war der Autor des Buches »Veronica Franco celebre letterata e meretrice veneziana«, das 1874 erschien. Über die Frage, ob diese Veronica Franco überhaupt eine meretrice, also eine Dirne, gewesen sei oder nicht, und wenn ja, weshalb man darüber berichten müsse, brach ein im »Osservatore Veneto«, einer angesehenen Zeitung, ausgetragener Streit aus. Gianjacopo Fontana, ein gebildeter Mitarbeiter der Zeitung aus aristokratischer Familie, trat zur Verteidigung der Veronica Franco an.

Jahre später, 1888, erschien das Buch in neuer Auflage, aber mit geändertem Titel. Nun war nicht mehr von meretrice die Rede, das Wort war ersetzt durch »cortigiana«, also Kurtisane, was immerhin eine Rangerhöhung bedeutet. Die Dame, um die es in diesem Buch geht, muß wirklich eine tolle Person gewesen sein, immerhin hat sich auch ein König um ihre Gunst bemüht: Heinrich III. von Frankreich, der ja auch auf andere Weise eine Spur seines Venedig-Besuchs im Jahr 1574 hinterließ.

Schon im Lebenslauf der Veronica Franco zeigt sich eine spezielle Eigenheit des gesellschaftlichen Lebens, des Liebeslebens der Serenissima. Während der eine der beiden Kontrahenten in jenem Streit des Jahres 1874 die Hauptperson für eine große Dichterin und ehrbare Ehefrau, Mutter von sechs Kindern, erklärt, und sie verteidigt, sieht der andere, Tassini, kein Problem. Wieso soll sie nicht nebeneinander Dichterin, Mutter und auch bedeutende Kurtisane gewesen sein?

Im 18. Jahrhundert beginnen die Definitionen, die Grenzen, die Schwellen der Vorwürfe zu verschwimmen. Venedig erlebt ein Jahrhundert der Schönheit und des Glanzes, des Wertewandels, des endgültigen Machtverfalls, der kulturellen Blüte – und die alte Republik reagiert auf ihre eigene Weise, auch auf diesem speziellen Gebiet der Liebe und der käuflichen Kurzzeitbeziehung.

Im Mai 1797 beginnt ein Niedergang in jeder Hinsicht. Mit dem Abtransport von bedeutenden Kunstschätzen, den Plünderungen, den mutwilligen Zerstörungen durch die Soldateska wächst der wirtschaftliche Verfall. Eine Szene, wie sie Johann Gottfried Seume auf seiner »Fußwanderung nach Syrakus« erlebt hat, wäre 100 Jahre zuvor kaum denkbar gewesen. Die Zeit der großen Kurtisanen ist, fürs erste jedenfalls, vorbei.

Im Februar 1803 kommt der »Fußwanderer« auf seinem Weg von Leipzig nach Syrakus in Venedig an. Neun Tage lang bleibt er in der verarmten, nicht mehr freien Stadt, die ihrem Ehrentitel »Serenissima« in diesen Jahren nicht gerecht werden kann. Neben vielen anderen Eindrücken nimmt er auch den von den Nachfolgerinnen der einstigen Prachtkurtisanen mit, und dieser Eindruck ist kein guter.

Man hatte ihn beobachtet, wie er einen Lohndiener auszahlte. Offenbar hatte dieser deutsche Fremdling Geld, das spricht sich herum. Zwei willige Mädchen hängen sich an ihn, im wörtlichen Sinne, und plagen ihn mit ausschweifenden Vorschlägen zur Freizeitgestaltung. Seume hat aber mit Verworfenheit nichts im Sinn: »...und ich bat sie höflich, sich nicht die Mühe zu geben, mich zu inkommodieren. Sie fuhren mit ihrer artigen Vertraulichkeit fort und ich ward ernst. Sie waren beide ganz hübsche Sünderinnen und trugen sich ganz niedlich und anständig mit der feineren Klasse. Ich demonstrierte in meinem gebrochenen Italienisch, so gut ich konnte, sie möchten mich in Ruhe lassen. Es half nichts; die Gesellschaft in einiger Entfernung lächelte und einige lachten sogar ...«

Jetzt reicht es Seume. Erst ein Wutanfall »in meinem stärksten Baßton« und in russischer Sprache macht dem erotischen Abenteuer ein Ende, bevor es noch begonnen hat.

Der Hunger macht aus Bürgern Bettler, die, oft mit verschleiertem Gesicht, in guter, abgetragener Kleidung vor den Kirchentüren auf kleine Gaben hoffen, macht aus anständigen Mädchen kompromißbereite Empfängerinnen von Almosen ...

Das Ende der Freiheit hat auch dem rosaroten Lebensstil dieser Jahrzehnte, in denen Venedigs Sonne sank, ein Ende bereitet.

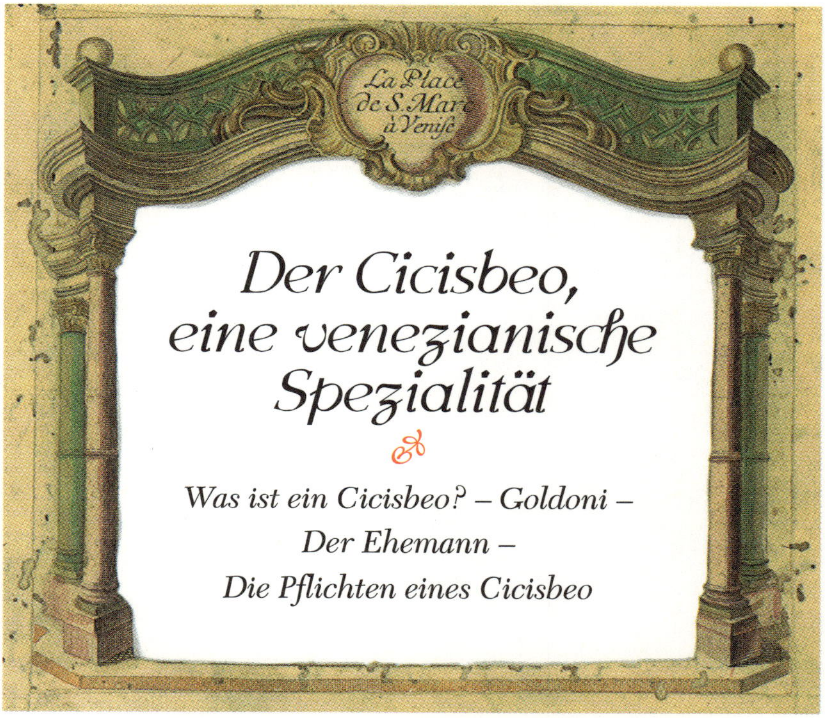

Der Cicisbeo, eine venezianische Spezialität

*Was ist ein Cicisbeo? – Goldoni –
Der Ehemann –
Die Pflichten eines Cicisbeo*

Wie viele Wörter haben im Italienischen einen schöneren Klang als in vielen anderen Sprachen! »Pipistrello« ist viel charmanter als »The bat« und sogar als das an sich liebenswürdige »Fledermaus«, sogar für BSE, die Rinderseuche, hat das Italienische eine Bezeichnung von angenehmer Akustik: »Muccapazza«.

Und »Cicisbeo« ist ein weit schöneres und deshalb auch richtigeres Wort als »Verehrer«. Und selbst die doch elegante Bezeichnung im Französischen »Galan« reicht nicht an die italienische Version heran. Zudem treffen weder das deutsche »Verehrer« noch das französische »Galan« das Wesen des Cicisbeo.

Ein Verehrer oder ein Galan mögen in dieser Funktion vielleicht ein Leben lang, eventuell nur einige Monate oder Wochen und vielleicht nur sechs Tage lang aufmerksam sein. Ein Cicisbeo zu sein, das

bedeutet auch Kontinuität. Bei aller Liederlichkeit, die man seinem Jahrhundert, dem achtzehnten, vorwerfen mag – diese Kontinuität gibt es. Sie ist wichtig, denn sie rettet die Ehe. Carlo Gozzi schreibt an seinen Freund Innocenzo Massimi: »Es ist eine in Italien landläufige Ansicht, daß die Ehemänner nicht zu lieben verstehen.«

Der Ehemann hat eine Menge zu tun. Er geht seinem Beruf nach, im Haus und auf Reisen. Er muß sich mit dem Personal ärgern, seine Freunde zu wichtigen Besprechungen treffen, und er muß vor allem selbst der einen oder anderen Dame kleine Gefälligkeiten von großer Wichtigkeit erweisen. Denn er ist natürlich selbst auch ein Cicisbeo.

Carlo Goldoni bringt in seinen Theaterstücken das Alltagsleben auf die Bühne; das war zu seiner Zeit von großer Aktua-

Ein typischer Ehemann
Kostümentwurf von Leo Bei zu »Die Grobiane« von Carlo Goldoni, 1999.

lität, oft sehr kritisch, und für die Nachwelt hat der Dichter mit seinem Werk auch eine Dokumentation geschaffen. Denn hier ist das Leben im Wort konserviert, wie im Bild bei Pietro Longhi oder Gabriel Bella.

In den »Rusteghi«, der Komödie von den vier konservativen Kaufleuten und ihren Sorgen mit Ehefrauen und Kindern, führt Goldoni uns einen Ehemann nebst Gattin und Cicisbeo vor.

So sehr die schlaue, vielleicht raffinierte, eventuell sogar kluge Gattin diese Situation genießt, so sehr liegen die beiden Herren zu ihrer Linken und ihrer Rechten in einer Dauerfehde. Charmant ist in dieser Beziehung nur der aristokratische Cicisbeo. Der Ehemann ist schlecht aufgelegt, der Dauerbegleiter fällt ihm auf die Nerven, und er kann auch mit

Ein typischer Cicisbeo
Kostümentwurf von Leo Bei zu »Die Grobiane« von Carlo Goldoni, 1999

seinen eleganten Umgangsformen nicht mithalten. Offenbar hat er die schöne Ehefrau seinem materiellen Hintergrund zu verdanken.

Der Cicisbeo aber besteht aus zahllosen Aufmerksamkeiten – ein Handkuß, ein Lächeln, eine einladende Bewegung, eine Verneigung. Und all das von einem Herrn, der sich schon am Morgen der Dame zuliebe, die er besuchen wird, ankleidet wie zu einem großen Empfang und von Parfumduft umhüllt in der Gondel durch die Kanäle zieht.

Was soll ein Cicisbeo dürfen, wie weit übernimmt er Aufgaben des Ehemanns, wo sind seine Grenzen? Der Dichter Ugo Foscolo erklärt das, indem er manches ausschließt: Der Cicisbeo ist nicht Liebhaber und nicht Freund, und er ist auch kein Kammerdiener, doch er hat von jedem etwas.

In seiner Komödie »La Dama prudente« zeigt Carlo Goldoni, daß diese Grenzen offenbar doch sehr weit gesteckt waren. Donna Eularia sagt zum Marquis, ihrem »cavalier servente«, dem Cicisbeo also:

»Ich bin nicht gewohnt, mich vor den Kavalieren an- und auszukleiden.« Und der Marquis gibt zur Antwort: »Ach, das ist doch üblich, es vergeht wohl kaum ein Tag, an dem ich nicht die Ehre habe, irgendein Mieder zuzuschnüren.« Der Cicisbeo hat für Wohlergehen, für Zeitvertreib, für Unterhaltung zu sorgen, und er ist auch ein soziales Symbol. Ihn nicht zu haben, wenn man eine schöne junge Ehefrau ist, bedeutet im Venedig des »galanten Jahrhunderts«, brutta figura zu machen, und das gilt es unter allen Umständen zu vermeiden. Es ist nämlich auch nicht möglich, daß ein Ehemann selbst die Position des Cicisbeo im eigenen Haus ausübt, und sei er noch so verliebt. Es gehört sich eben nicht.

Philipp Monnier schreibt 1927 in seinem Buch »Venedig im achtzehnten Jahrhundert« zum Thema Cicisbeo und Ehemann:

»Kein Ehemann versteht sich auf diese kleinen Dienste, auf die zarten Aufmerksamkeiten, die das Glück einer Frau jeden Augenblick erfordert. Und selbst, wenn er sich darauf verstünde, könnte er diesem Dienste nicht genügen, weil er schließlich auch etwas anderes zu tun und vielleicht auch Damen zu verehren hat, und ferner, weil es im höchsten Grade lächerlich und unfein ist, fortwährend um seine Frau herumzutänzeln.«

Man kann sich den Cicisbeo natürlich aussuchen, darf ihn auch wechseln, und man kann ihn sich zumindest für eine gewisse Weile sichern. Wie mit dem Hausarzt, so macht man auch Verträge mit dem Cicisbeo. Madame de Boccage, eine Zeitzeugin, berichtet aus eigener Erfahrung in ihren »œuvres«:

»Der Malteserritter Scaramozo, liebenswürdig, gebildet, vielgereist, den ich in Holland und Paris kennengelernt hatte, hat die Liebenswürdigkeit gehabt, in Venedig meinen Cicisbeo zu spielen. Das erste Mal, da er mir die Ehre erwies, mich auf meinen Besuchsgängen zu begleiten, sah er, wie ich unruhig wurde, weil ich meine Visitenkarten vergessen hatte; man kann es kaum glauben, aber ich fand meine Karten gedruckt in seiner Tasche! ›Das gehört zu meinem Amte‹, sagte er. ›Ich muß Euch auf ein Eis ins Café führen und am Abend auf die Piazza San Marco, oder am Canal Grande mit Euch spazierengehen, was bei der drückenden Hitze eine angenehme Erfrischung bedeutet.‹«

Pflichten ergeben Rechte – der Cicisbeo darf vieles … Philipp Monnier schreibt:

»Ihm, der die erste Neuigkeit des Tages zuträgt, fliegt ihr erstes Lächeln zu; sie gehört ihm schließlich mehr als ihrem Gatten; sie gehört ihm mehr als ihrem Geliebten. Er ist voll Takt und Zurückhaltung. Er sucht die Nadel, die sie verlangt, um ihren Busenschleier zu schließen, hält ihr den Spiegel, wenn sie sich kämmt, reicht ihr die

Gian Domenico Tiepolo »La passeggiata« oder »Il Cicisbeo«

Puderschachtel und die Puderquaste, das Fläschchen, die Bürste ... Mag auch der Gemahl inmitten dieses Tuns unvermutet eintreten, er hütet sich, Ärger zu zeigen; er macht sich nicht durch Eifersucht unsterblich lächerlich; er weiß, daß Empfindlichkeit in einem solchen Falle wenig am Platze ist; der Gemahl wiederum ist glücklich, daß ein Kavalier seiner Frau die Dienste leistet, die er selbst anderen Frauen erweist ...«

Verehrung als Gesellschaftsspiel, Verzicht als verfeinerter Genuß, das ist das Wesen der Beziehung zwischen der Dame und ihrem Cicisbeo.

Immer knapp an der Grenze zum Melodrama entlang, niemals in die Banalität einer gesellschaftlichen Katastrophe kippend, wird diese spezielle Form der erotischen Beziehung zum Symbol für den Abendglanz der Serenissima. Die letzte, höchste Dekadenz begleitet die Republik von San Marco auf ihrem Weg zum Ende in jeder Hinsicht, auch in erotischer.

Und dieses Abkommen zwischen Mann und Frau und Cicisbeo und Ehefrau des Cicisbeo und Cicisbeo der Ehefrau des Cicisbeo betrifft Hoch und Nieder und ist in allen Ständen zu finden. Die adelige Dame erfreut sich vielleicht sogar des Besitzes von zweien oder dreien solcher Kavaliere, aber auch die Bäckerin oder die Friseuse verzichtet nicht auf diese angenehme Folge venezianischer Emanzipation. Und vor diesem Hintergrund, mit allen anderen typischen Erscheinungen des Amor Venetiae im 18. Jahrhundert, beginnt man das Leben Giacomo Casanovas zu begreifen.

Mit Casanova durch die Serenissima

Die Pfarre San Samuele – Die Vorfahren – Kindheit – Giacomo als Prediger – Spuren in Venedig – Flucht und Heimkehr – Verbannung für immer – Die Geschwister – Die letzten Jahre

San Samuele – magischer Platz am Canal Grande! Lebenskünstler kommen nicht vom Campo Santo Stefano, den Wegweisern folgend, hierher, sondern mit dem Vaporetto. Noch höheren Lustgewinn verspricht der folgende Weg: Man besucht die Ca'Rezzonico, schaut aus einem ihrer Fenster auf den Palazzo Grassi und den Campo von San Samuele mit der Kirche, spaziert in Richtung Vaporettostation »Ca'Rezzonico«, und über die Brücke zum Traghetto »San Samuele«, mit dem man den Canal Grande quert, und ist am Ziel. Auf diese Weise kommt man mit eben dem Verkehrsmittel nach San Samuele, das auch Giacomo Casanova benützt hat.

Alles hier erinnert an ihn. Die Kirche, die Gebäude neben ihr, die Gassen der Umgebung – das war für Casanova Kindheit, Bühne, Borgo.

Der Vater stammte nicht aus Venedig, er kam aus Parma. In seiner »Histoire de ma vie« erzählt Giacomo Casanova von seiner Familie. Auf den ersten Blick neigt der Leser zu der Annahme, da habe sich der Autor eine Familiengeschichte nach seinen Wünschen geformt. Schon der erste hier erwähnte Vorfahre ist ein Mann nach dem Geschmack des späten Enkels. Don Jacobe Casanova entführt 1428 eine Nonne aus einem Kloster in Saragossa, flieht mit ihr aus Spanien nach Rom und setzt mit ihr zahlreiche Kinder in die Welt. Diese verschiedenen Vorväter bewegen sich stets im Dunstkreis von Päpsten und kaiserlichen Gesandten, reisen mit Columbus nach Amerika zwecks Entdeckung desselben, sind hohe Offiziere oder Bischöfe oder, im Falle des Marcantonio Casanova, kecke Dichter. Dieser Marcantonio hatte eine Satire verfaßt, derentwegen er Rom verlassen mußte, bis ihn Jahre später der Papst begnadigte und er zurückkehren durfte.

Wenn man nun aber, mißtrauisch, die Angaben mittels anderer Werke nachprüft, finden sich da tatsächlich der Kardinal Juan Casanova oder der Dichter Marcantonio. In allen diesen Lebensläufen ist angelegt, was des berühmten Nachfahren Leben prägen sollte: selbstverfaßte Satiren, Liebesabenteuer, Duelle, Reisen, und das ständige Umkreisen der gehobenen Stände.

Der Urgroßvater hatte in Parma geheiratet und wurde seßhaft. Diese Seßhaftigkeit dauerte freilich nur zwei Generationen lang. Dann verließ der neunzehnjährige Gaetano Giuseppe Giacomo die Stadt und seine Familie, und brannte mit einer Soubrette durch. Das Theater wurde ihm zum Beruf, wenige Jahre später finden wir Gaetano in Venedig als Schauspieler am Teatro San Samuele. Er wohnte in der Calle della Commedia, später genannt Calle di Teatro, heute Calle di Ca'Malipiero. Ihm gegenüber lebte und arbeitete ein Schuster mit seiner Familie, Geronimo Farussi. Er hatte eine schöne Tochter von 16 Jahren, Zanetta, und einen tiefen Widerwillen gegen Mitglieder ambulanter Schauspieltruppen, die sich in diese Zanetta verliebten. So blieb dem neuen Nachbarn aus Parma nichts anderes übrig, als das Mädchen zu entführen.

Der alte Schuhmacher starb vor Gram, die Mutter arrangierte sich mit dem Schwiegersohn, nachdem dieser versprochen hatte, Beruf und Familie auseinanderzuhalten.

Der Patriarch von Venedig, der Bischof also, Pietro Barbarigo, hatte das junge Paar getraut. Da ein fait accompli geschaffen und die Hochzeit nicht rückgängig zu machen war, kam es nun auch zum offiziellen Fest in der Kirche von San Samuele am 17. Februar 1724. Hier, in der heutigen Calle di Ca'Malipiero, ist Giacomo am 2. April 1725 zur Welt gekommen, in San Samuele wurde er getauft.

Ein Jahr alt war Giacomo, als die Eltern Venedig verließen und nach London ins Engagement gingen. Das Versprechen, das Gaetano seiner Schwiegermutter gegeben hatte, hielt er ein: Er hat seine Frau nicht überredet, Schauspielerin zu werden – sie wurde es aus freien Stücken. In London ist Zanetta zum ersten Mal auf der Bühne gestanden, in London ist Francesco zur Welt gekommen.

Ende 1728 war die Familie wieder zusammen. Die Großmutter fand sich damit ab, daß ihre Tochter den verachteten Beruf ausübte, und kümmerte sich weiterhin um den noch immer kleinen Giacomo. 1730 kam Giovanni zur Welt. Ihm folgten zwei Mädchen, Faustina-Maddalena und Maria-Maddalena, und 1734 das sechste Kind, Gaetano-Alvise.

Der Vater stirbt jung, mit erst 36 Jahren im Dezember 1733. Die Mutter geht mit ihrer italienischen Truppe nach St. Petersburg, später nach Dresden, und ist froh, den Beruf erlernt zu haben, der nun sie und ihre Kinder ernährt. Giacomo bleibt bei der Großmutter.

Die Stadt ist voll mit den Schauplätzen seiner Erinnerungen, auch heute, fast 300 Jahre später.

Bleiben wir noch in San Samuele. Im nahen Theater, es existiert nicht mehr, waren die Eltern engagiert. Die Mutter hat in der Nähe ihre Jugend verbracht, wie Giacomo die seine. In der Kirche von San Samuele haben die Eltern geheiratet, hier ist Giacomo getauft worden. Aber damit nicht genug: An der rechten Seite des Platzes, mit dem Blick zur Kirche, steht der Palazzo Malipiero – ein Haus von großer Bedeutung für Casanovas Leben. Hier hat der Fünfzehnjährige erlebt, daß ihn ein Abkömmling von Dogen, Wissenschaftlern, Kriegshelden, selbst Senator der Serenissima, als Gesprächspartner anerkannte. Gasparo Malipiero war jahrelang Giacomos Protektor. Während Giacomo Casanova in Padua Jus studierte, hielt der Senator seine schützende Hand über ihn. In Padua machte Giacomo seine ersten erotischen Erfahrungen. Davon wird Senator Malipiero nichts erfahren haben, ihm ging es eher um Bildung und Ausbildung seines Schützlings.

Die Freundschaft zwischen dem alten Mann und dem Knaben überstand manche Fährnis – wie den Mißerfolg der zweiten Predigt, die Giacomo in der Kirche von San Samuele zu halten hatte. Er war immerhin schon Abate, der Priesterstand war sein Ziel. Vorbereitet auf diesen Weg hat sich Casanova im Seminar von Santa Maria della Salute. Die erste Gelegenheit zu einer Predigt hatte er ebenfalls dem alten Senator zu verdanken gehabt. Doch die Freundschaft war nicht von langer Dauer. Malipiero war verliebt – in ein sehr junges Mädchen. Teresa Imer war die Tochter von Giuseppe Imer, Freund Goldonis, Impresario, Schauspieler. Die siebzehnjährige Schönheit wohnte gegenüber, der Senator konnte die Fenster ihrer Wohnung sehen. Die Mutter Imer achtete auf die Tochter, die eine gute Partie machen sollte. Der Senator litt.

Giacomo Casanovas Abenteuer in Zinnfigurengruppen. Offizin WIMOR, ca. 1950

Und er litt ganz besonders, als er Teresa und Giacomo nach dem täglichen Mittagessen in seinem Palazzo einmal dabei ertappte, wie sie einander die Unterschiede in der Bauweise von Mann und Frau erläuterten. Von einem täglichen Mittagessen war für Giacomo ab nun nicht mehr die Rede.

Noch einmal spielte die Kirche von S. Samuele eine Rolle in Casanovas Leben, eine abschließende: Hier hatte er als sechzehnjähriger Abbé mit seiner ersten Predigt triumphiert. Und an derselben Stelle trat er ein zweites Mal als Prediger auf – und das war auch das letzte Mal. Er erzählt selbst davon:

»Am 19. März, an dem Tag also, an dem ich um vier Uhr des Nachmittags meine Predigt halten sollte, brachte ich es nicht über mich, mir das Vergnügen zu rauben, mit dem Grafen von Montereale zu speisen. Er hatte den Patrizier Barozzi eingeladen, der nach Ostern seine Tochter Lucia heiraten sollte.«

Wieder bricht sich die unselige Neigung, die bessere Gesellschaft zu umwerben, Bahn – dieser Hang zum gesellschaftlich Höheren sollte Casanova noch manches Problem bereiten. Das Mittagessen wird unterbrochen durch einen Geistlichen, der Casanova daran

erinnert, daß man ihn erwarte. Nun eilt er zur Kirche – »mit vollem Magen und leerem Kopf« – und beginnt zu predigen. Das geht einige Minuten lang gut, dann tun Mittagessen und mangelhafte Vorbereitung ihre Wirkung. Casanova verliert den Faden, gerät völlig aus dem ohnehin schwachen Konzept: »Ich sah mehrere Leute die Kirche verlassen, ich glaubte, Lachen zu hören. Ich verlor den Kopf und jede Hoffnung ...« Er rettet sich, indem er sich in Ohnmacht fallen läßt. Schwer schlägt sein Kopf gegen die Wand, man bringt Giacomo in die Sakristei, er nimmt seine Überkleider und verabschiedet sich von San Samuele – und dem Plan, Geistlicher zu werden. Er geht nach Padua und nimmt das dort begonnene Jusstudium wieder auf.

Als längst erwachsener Mann wird Giacomo Casanova in diesen kleinen Stadtteil zurückkehren, als Geiger am Teatro von San Samuele, wo einst sein Vater als Schauspieler im Engagement gewesen ist.

Ab dem siebzehnten Jahr wohnte er nicht mehr bei seiner Großmutter, sondern nahe dem damaligen Theater von San Giovanni Crisostomo, dem heutigen Teatro Malibran. Das Theater war im Besitz der Patrizierfamilie Grimani, wie auch ein kleiner Palazzo neben dem Theater. Hier mietete seine Mutter ein Zimmer, in der Corte seconda del Milion, Nummer 5884 – es hat ovale Fenster.

Die Großmutter wohnte damals schon, zusammen mit fünf anderen Witwen, in der Corte delle Muneghe, Nummer 2978, 2979 und 2979 A. So war sie zwar an anderer Adresse, aber in der vertrauten Umgebung der Pfarre San Samuele. Man kommt zur Wohnung der Großmutter durch die Calle degli Orbi, über den Ramo delle Muneghe. In der Calle delle Muneghe Nr. 2981 biegt man ab nach rechts, und da steht man in dem kleinen Hof und kann sich die Oma und ihre Freundinnen gut vorstellen. Mancher Pflasterstein, das Maß der Häuser, der Fenster und Türen wird wohl nicht anders gewesen sein als heute.

Viele der anderen wichtigen Schauplätze im Leben Giacomo Casanovas sind leicht zu finden, gehören zu den Standardzielen der Venedig-Reisenden, ohne daß sie deshalb gleich an Casanova denken lassen: Burano, von hier stammte die Familie seiner Mutter Zanetta. Murano, wo er ein Erlebnis mit einer Hexe hatte – kein erotisches, sie hat ihn auf Ersuchen der Großmutter vom Nasenbluten geheilt. Und Murano war auch der Ort einer der bekanntesten Damen in Casanovas Leben, der Nonne M.M. Sie scheint einzig unter diesem Decknamen auf, als MM – Monaca di Murano, als Nonne von Murano.

Oder, im Zentrum, die Bibliothek von San Marco, ein Bau Sansovinos, gegenüber dem Dogenpalast. Casanova sagt, er sei schon des-

halb oft dort gewesen, weil er als junger Mensch nicht gewußt hätte, wo sonst er ohne Geld seine Zeit verbringen hätte können. Und wie er diesen herrlichen Ort, die größte Bibliothek der Stadt, gerne besucht hat, so kann man auf seinen Spuren die Schätze im ersten Stock bewundern, frühe Werke der Buchdruckerkunst. Und man kann in eine andere Bibliothek spazieren, in die des Palazzo Querini-Stampalia. Hier findet man viele Bilder, Musikinstrumente, Informationen, die uns Giacomo Casanova und seine Zeit nahebringen. Hier kann man auch die meisten der Schriften Casanovas finden und etliche seiner Briefe.

Der Palazzo Ducale, die Seufzerbrücke, die Bleikammern – das ist die sicher berühmteste Fährte Casanovas, auf die man sich setzen kann. Hier war er Gefangener der Staatsinquisition von Ende Juli 1755 bis zu der berühmten Flucht in der Nacht vom 31. Oktober auf den 1. November 1756. Diese Flucht hat ihn berühmt gemacht – und todtraurig. Denn die ewige Sehnsucht nach der Heimatstadt fand erst 1774 ihr Ende. Arthur Schnitzler hat in der Erzählung »Casanovas Heimfahrt« diese letzte Rückkehr geschildert, in dichterischer Freiheit, die der Wahrheit entsprechen mag:

»… Es war am dritten Morgen seiner Reise, daß er, von Mestre aus, den Glockenturm nach mehr als zwanzig Jahren der Sehnsucht zum erstenmal wieder erschaute, ein graues Steingebilde, das ein-

sam ragend aus der Dämmerung wie aus weiter Ferne vor ihm auftauchte. Aber er wußte, daß ihn jetzt nur mehr eine Fahrt von zwei Stunden von der geliebten Stadt trennte, in der er jung gewesen war.«

Im Palazzo Querini Stampalia kann man das Pamphlet lesen, das Giacomo Casanova die zweite Verbannung eingetragen hat. Darin hatte er im Sommer 1782 – und leider nicht irgendwo im nächtlichen Dunkel der entschuldbaren Betrunkenheit, sondern gedruckt und Wort für Wort formuliert – erklärt, er sei der Sohn des Patriziers Michele Grimani. Mit der Veröffentlichung von »Né amori, né donne« hat Casanova seine Heimat verloren.

Man mag denken, ein Mensch wie dieser weltberühmte Abenteurer, heute in Paris, gestern in Warschau, morgen in Rom, habe keine Heimat. Casanova hat sich sein Lebtag lang nach Venedig gesehnt. Die Stadt der Überraschungen und der Geheimnisse war diesem Mann Wiege, Schule, Heimat. Einmal noch kommt der Verbannte für Tage und incognito zurück, dann muß er fort für immer.

Es war ja wirklich keine gute Idee, die Bekanntschaft der Mutter mit dem angesehenen Patrizier als Basis für eine unbeweisbare Behauptung zu nützen. Giacomo hatte immerhin in den Salons verkehren dürfen, war eingeladen, wurde als unterhaltsamer und interessanter Gast akzeptiert. Aber nun selbst mitspielen zu wollen in einem

Kreis, dem er eben nicht angehörte, das war zu viel. Und so widerfuhr ihm mit seiner Satire dasselbe Schicksal wie dem Vorfahren Marcantonio, der einer Satire wegen in hohem Bogen aus Rom geflogen war.

Schon die Behauptung, er sei nicht der Sohn seines Vaters gewesen, ist seltsam. Die immer wieder auftauchende Angeberei, der Bruder Francesco sei in Wahrheit der Sohn des Prince of Wales, ist ebenso ohne Basis. Und es ist so besonders seltsam, daß der Erbe all dieser Abenteurer aus Saragossa und Parma plötzlich den leiblichen Vater verleugnet, der ihm doch schließlich mit seiner Abstammung die Dramaturgie für dieses Leben liefert.

So verläßt also Casanova die Stadt, die ihm Geburtsort und prägendes Schicksal ist, und kehrt nicht wieder, so sehr er sich danach auch sehnt, und reist nach Wien. Dort wird er Sekretär des venezianischen Gesandten Foscarini, so hat er wenigstens ortskundige Gesprächspartner. Die Stelle im diplomatischen Dienst gibt ihm die Gelegenheit, sich an den Feinden zu rächen. Er schmuggelt in die Diplomatenpost die Nachricht, ein großes Erdbeben stehe der Serenissima bevor – und erlebt aus der Ferne, wie die aufgeschreckten Patrizier, die diese Diplomatenpost doch gar nicht kennen dürften, in Panik die Stadt verlassen und auf ihre Güter fliehen.

Der Streich ist ihm nur möglich, weil der Kurierdienst zwischen dem Rat der Zehn und den Diplomaten, die die Serenissima überall

in Europa vertreten, immer noch so gut funktioniert, als gelte es, im nächsten Monat die Hohe Pforte zu besiegen. Seit dem 14. Jahrhundert weiß Venedig, sich über Wichtiges in Europa zu informieren – dank der Relazioni. Alfred von Arneth, ein bedeutender österreichischer Historiker des 19. Jahrhunderts, hat viele dieser Relationen herausgegeben, und er schwärmt in seiner Einleitung von einer »Quelle historischen Wissens, ... welche wie nicht leicht eine andere durch ihre Reichhaltigkeit, ihre Verläßlichkeit der Angaben, welche sie enthält, durch den Ernst und die Ruhe der Darstellung des Geschehenen, durch die scharfsinnige Charakteristik der Personen, von denen gesprochen wird, durch die Feinheit der eingeflochtenen Bemerkungen dazu geeignet ist, über die Geschichte der letzten drei Jahrhunderte Aufklärung zu gewähren, die man an anderen Orten vergeblich sucht.«

In den eineinhalb Jahren, die Casanova als Sekretär des Gesandten in Wien verbringt, kann er nicht ahnen, daß die Serenissima noch vor ihm sterben sollte. Im Februar 1784 hat er diese Stelle angetreten, im April 1785 stirbt der venezianische Gesandte. Er hatte in Wien zu dieser Zeit sehr viele Bekannte, auch in Kreisen der Aristokratie, wie den Kunstkenner Graf Durazzo und den Musikfreund Graf Waldstein. Bald danach reist Giacomo Casanova – er ist 60 Jahre alt – über Brünn und Karlsbad nach Dux. Dort, im Schloß des Gra-

fen Waldstein, wird er seine letzte Wirkungsstätte finden, als Bibliothekar.

Und was ist aus Giacomos Geschwistern geworden? Der jüngere Bruder Francesco lebte, nach der Rückkehr mit den Eltern aus London, in Venedig. Auch er wollte zum Theater – als Bühnenbildner. Er begann eine Ausbildung zum Maler, hat bei Giovanni Antonio Guardi gelernt, dem Bruder des berühmten Francesco Guardi.

1752 folgte er dem Ruf des älteren Bruders nach Paris. Giacomo hatte in einer Ausstellung der Königlichen Galerie bemerkt, daß es keine Darstellungen von Schlachten zu sehen gab, und gerade das war Francescos bevorzugtes Thema. Doch das erste große Bild, das Francesco Casanova der Akademie zu präsentieren gedachte, bedeutete einen schlimmen Mißerfolg. Der enttäuschte junge Maler zerstörte es, packte seine Sachen und zog mit dem älteren Bruder weiter nach Dresden, wo die Familie lebte. Vier Jahre lang ließ er sich hier ausbilden, und er wurde tatsächlich ein sehr erfolgreicher Mann, an vielen Fürstenhöfen gefragt, wohlhabend.

Gegen 1790 ließ Francesco Casanova sich in Wien nieder und bezog ein Haus mit Garten und großem Atelier in der Hinterbrühl bei Mödling. Da lebte und arbeitete er, vor allem nahm er Porträtaufträge an. Er war ein Mensch mit exzentrischen Neigungen, was ihn in der Kaiserstadt noch bekannter machte. Seine Honorare nahm er nur am ersten Tag des Jahres entgegen, in den Stunden vor Mitternacht. Was man ihm an Geld noch in den Minuten nach Neujahrsbeginn bezahlen wollte, das akzeptierte er nicht mehr.

Francesco liebte es, sich vierspännig durch Wien fahren zu lassen. Wurde das Geld knapper, ging es zweispännig weiter, und dann im Einspänner, bis zum nächsten Honorar. Francesco Casanova, der in Wien 1803 gestorben ist, war in seinen letzten Jahren sogar bekannter als sein älterer Bruder. Das Lexikon aus dem Jahr 1846, die »Realencyclopädie für das katholische Deutschland«, widmet beiden Brüdern viele Zeilen: Francesco nennt sie einen Schlachten- und Landschaftsmaler, Giacomo einen »italienischen Abenteurer und gewandten Schriftsteller«.

Auch der nächste Bruder, Giovanni, war Maler. Er war mit den jüngeren Geschwistern nach Dresden gekommen, als Zanetta, die Mutter, hier ins Engagement ging. 1764 heiratete er Teresa Roland aus Avignon, nachdem er im selben Jahr zum Direktor der Akademie der Schönen Künste ernannt worden war. Diese Stelle hatte er bis zu seinem Tod im Jahre 1795 inne.

Giacomos Schwester Faustina-Maddalena ist als Kind gestorben. Die andere Schwester, Maria-Maddalena, war mit dem Dresdner Hofmusiker Peter August verheiratet. Das jüngste der sechs Kinder war Gaetano Alvise. Er ist Priester geworden und starb 1783 in Rom.

Giacomo Casanova hat seine letzten Jahre auf Schloß Dux verbracht. Hin und wieder kam er noch in das nahe Prag, wo auch die Episode der Begegnung mit Lorenzo da Ponte spielt. Eine Laune des Schicksals hat die beiden Italiener, die sich seit Jahrzehnten kannten, wieder zusammengebracht und dazu geführt, daß der große Verführer Casanova sein umfangreiches Fachwissen dem Librettisten von Mozarts »Don Giovanni« zur Verfügung stellen konnte. Wenige Jahre später stehen Mozart und Casanova in der Menge, die die

Straßen säumt, durch die der Krönungszug Kaiser Leopolds II. zieht. Beide wären gerne nicht Publikum, sondern Teil dieses Zugs gewesen …

Zwischen 1789 und 1792 hat Giacomo Casanova, der Abbé, Jurist, Geiger, Impresario, Alchimist, Gesandtschaftssekretär, Spieler, Konfident, Dichter, Bibliothekar, seine Memoiren verfaßt: »Histoire de ma Vie«. Ihnen verdanken wir die Kenntnis dieses unglaublichen Lebens mit seinen vielen Duellen und Geldsorgen und Prozessen, 116 Liebesaffairen, Gefängnisaufenthalten, Empfängen an Fürstenhöfen, Ausweisungen, den wechselnden Einnahmequellen. Der Dichter Ugo Foscolo schrieb 1827 einen Bericht über Casanovas Leben für die »Westminster Gazette«, und behauptete, die Person Casanova habe es nie wirklich gegeben, sie sei eine Erfindung eines geschickten Kenners des 18. Jahrhunderts. Mit diesem Irrtum stand Foscolo nicht alleine da – immer wieder hat man Stendhal als Verfasser der »Histoire de ma Vie« bezeichnet.

1795 ist Giacomo Casanova noch einmal auf Reisen gegangen – durch Thüringen nach Berlin. Am 4. Juni 1798 ist er auf Schloß Dux gestorben.

Der Campanile

Der Campanile stürzt ein – Glocken – Die Ursachen – Die Reaktion auf den Einsturz – Galileo Galilei und der Campanile – Der Glockenturm als Pranger

Ich muß nach Hause gehen … das Glas ist ohnehin fast leer. Soll ich …? Oder nehme ich noch – Gianni, un ombra! 14. Juli, 14. Juli … woran erinnert mich das denn? 14. Juli! Morgen ist der 14. Juli … Himmel, was ist das – ???«

Wer am 13. Juli 1902 zu Füßen des Campanile gesessen ist, wurde zum Zeugen der Architekturgeschichte. Ab dem nächsten Tag konnte niemand mehr den jahrhundertealten Campanile von San Marco erklettern, seine Qualität als Aussichtspunkt loben, kritisieren, bemäkeln … Es gab keinen Campanile von San Marco mehr.

Der Effekt, den der Zusammenbruch, der crollo, des Campanile verursachte, läßt sich kaum beschreiben. Der Campanile von San Marco stürzte inmitten des europäischen Friedens, ohne äußere Einwirkung, in sich zusammen – aber nicht ohne Warnung!

Die »Gazzetta di Venezia« gibt am 14. Juli 1902 die Stimmung der Venezianer wieder: »Von tiefer Rührung ist die Bevölkerung von Venedig bewegt. Thema jedes Gesprächs, Gegenstand jeder Frage, die sich auf die Lippen der Menschen in den Häusern drängt, in den Cafés, auf den Spaziergängen, Ursache tiefster Besorgnis … ist der Campanile wegen seiner eben entdeckten Wunde …«

Am 13. hatte ein dumpfes Geräusch die Spaziergänger auf der Piazza, die Weintrinker zu Füßen des Glockenturms erschreckt. Der Turm hatte seine Gemeinde gewarnt. Ein meterlanger Riß zog sich durch das Mauerwerk. Das Militärkonzert auf der Piazza wurde abgesagt, die Glocken durften nicht mehr läuten, der die Zeit angebende Kanonenschuß fiel aus. Und die Fotografen stellten ihre Apparate auf und warteten. Der Riß wurde größer und größer.

Der mittägliche Kanonenschuß. Foto-Studio Naya, ca.1900

Am Morgen des 14. Juli hatte das Gerücht die ganze Stadt erreicht, hatte die Gazzetta ihre Leser alarmiert – aber das Leben ging weiter. Neugierige umstanden den Glockenturm von San Marco, Passanten eilten an ihm vorbei zur Riva degli Schiavoni, zu den Schiffen, zum Lido.

Die Ausgabe der Gazzetta vom nächsten Tag, dem 15. Juli, beschreibt diese Minuten:

»...Es ist circa 9.30. Ingenieur Torri, der Chef des Bauamtes, und Ingenieur Gaspari, Inspektor der Feuerwehr, kommen mit dem Unterkommandanten Pozzi und den Feuerwehrleuten Fassioli, Moretti und Scarpa und einer 18 Meter langen Leiter, um letzte Untersuchungen des Spaltes zu machen.

Kaum haben sie die Leiter angelegt, so beginnt der Riß, als würden ihn diese Versuche stören, Steine und Brocken von Mörtel hinunterzuwerfen. Gaspari erkennt, daß hunderte Menschenleben auf dem Spiel stehen, denn noch immer hält sich die Menge in kurzer Distanz vom Koloß auf, da der Gedanke, er könne zusammenstürzen, sich noch nicht Bahn brechen konnte in den Seelen ... Jetzt geht es nur noch um wenige Minuten. Gaspari stürzt zu seinen Männern und befiehlt ihnen, herunterzusteigen, befiehlt den Arbeitern und dem Turmwächter, den Campanile zu verlassen, die nahen Geschäfte und Kaffeehäuser zu räumen, und mit mächtiger Stimme brüllt er der Menschenmenge zu: ›Den Platz räumen, der Campanile stürzt ein!‹

Feuerwehrleute eilen herbei, drängen die Leute vom Turm weg, halten die zurück, die gerade vom Molo kommen, veranlassen, daß die Menschen aus den nahegelegenen Lokalen flüchten. Dieser Augenblick zählt zu den schlimmsten ...«

Die Gazzetta läßt einen Augenzeugen zu Wort kommen:

»Ich stehe vor der Basilica und unterhalte mich mit einem Ingenieur, da höre ich plötzlich einen Warnruf und werde mit anderen

Der Campanile stürzt ein. Foto-Studio Zago, 1902

weitergestoßen, unter den Uhrturm, der eben halbzehn Uhr geschlagen hatte. Mit zitterndem Herzen beobachte ich das stolze gewaltige Bauwerk, und plötzlich spüre ich, wie mir das Blut gefriert, als ich durch den Riß, durch diese schreckliche Wunde, den Himmel sehe! Ich habe eine Uhr bei mir – 9.47, sieben oder acht Minuten sind vergangen, rund um den Campanile ist alles leer.

Ach, niemals werde ich diesen Augenblick vergessen, die Wunde des Kolosses öffnet sich aufs schrecklichste, seine Fassade hin zur Basilica gibt nach und bricht, und während die Menge einen langanhaltenden Schrei ausstößt, und das dumpfe Geräusch des Einsturzes, ein Krachen, zu hören ist, schwankt die enorm große Spitze mit dem Glockenstuhl mit einem Ruck, einem zweiten, einem dritten, nach rechts und nach links und von links nach rechts und verbiegt die Bögen, die sie tragen, und zerbricht sie. Der Koloss stürzt, gibt nach und fällt in sich zusammen, der Boden schwankt, eine enorme Staubwolke steigt auf, in ihr versinkt der Engel aus Gold.

Die Tragödie ist vollendet.

Alles wird von Staub eingehüllt, er fällt wie Schnee, er macht mich blind und die Menschen in ihrer Panik reißen mich fort mit sich, unter dem Druck der wahnsinnigen Flucht zersplittern die Auslagen der Geschäfte. Ohne zu wissen, wie, und auch ohne Hut finde ich mich vor dem Geschäft von Finzi, dorthin flüchte ich ...«

Die lebendige Schilderung des Augenzeugen ist nicht die einzige, die die Gazzetta anzubieten hat. Die Panik beruhigt sich nur kurz, dann beginnt die Hysterie, beginnen die Falschmeldungen:

»Um halb elf Uhr erleben wir von der Höhe des Schuttberges eine schreckliche Szene. Aus der unter den Procuratie Vecchie zusammengedrängten Menge bricht der Alarmruf ›Die Procurazien stürzen ein!‹ Entsetzt stürmt die Menge auf die Piazza, und trotz des Einsatzes von Soldaten werden Männer, Frauen, Kinder zwischen den Kaffeehaustischen niedergerannt, da fliegen Damenhüte durch die Luft, Sonnenschirme, Schuhe, Überröcke und vieles andere – und gehen verloren.«

Die Menschen in ihrer Panik, berichtet die Zeitung, »laufen dahin und dorthin, mit zu Berge stehendem Haar, mit beinahe aus dem Kopf quellenden Augen«. Um 11.15 wiederholt sich die Szene, mit schlimmeren Folgen.

Von den natürlich ebenfalls erschütterten Simsen der Ala Napoleonica bricht ein Stück ab, der Stein fällt krachend zu Boden, wirbelt den Staub noch einmal auf, wieder rennt alles in Panik über die Piazza, vermischt sich mit den eben abmarschierenden Soldaten, niemand kann vor, niemand zurück, unter dem Uhrturm wächst ein

Haufen, übereinandergestürzte Menschenleiber, »alles rennet, rettet, flüchtet …«

Doch die Bilanz ist unerwartet harmlos. Es gibt zwar Prellungen und blaue Flecke, aber nicht einen einzigen ernsthaft Verletzten. Und nur ein Todesfall ist zu verzeichnen. Die Katze des Turmwächters hatte es vor Heimweh nicht ausgehalten, sie war zurückgekehrt, und sie ist mit dem Turm gestorben, in dem sie wohl ihr Jagdrevier gehabt hat, ihr Liebesnest, ihre Heimat. Sie hieß »Melampyge«, trug also einen griechischen Namen – »Die mit dem schwarzen Hintern«, sonderbarer Turmwächter, Lynkeus Veneziano.

Der Katzenname läßt an einen Hund denken, den Begleiter eines weltberühmten Venezianers, Giacomo Casanova. Sein Hund hieß »Melampygos«.

Als Melampyges Herrin, die Frau Turmwächter, um ca. 9.35 Uhr vom bevorstehenden Einsturz ihres Wachobjekts, das ihr auch als Heim diente, verständigt wurde, war sie gerade beim Hemdenbügeln. Sie nahm sowohl die Warnung ernst als auch die Katze in den Arm und wandte sich zur Flucht, unter Zurücklassung der schon gebügelten Hemden. Man bewundert die souveräne Ruhe der Frau, denn sie befaßte sich mit der Erfüllung hausfraulicher Pflichten, während der Campanile sich soeben anschickte, seine eigenen Pflichten final abzugeben. Und sie wird doch sicher das drohende Rumoren gehört haben oder wenigstens das beängstigende Gerücht, und vielleicht hatte sie sogar die Gazzetta gelesen, wo ihr bedrohtes Zuhause auf der Titelseite prangte. Dennoch – sie hat gebügelt. Hausfrauenarbeit auf dem Vulkan, Bügeln über den Bodensee …

Wie auch immer, die Katze war tot wie der Campanile. Manches hat überlebt, unter anderem eine der Glocken und jene Gruppe sechs frisch gebügelter Hemden – zu ihnen kommen wir noch.

An dieser Stelle sollte man einiges zum Thema Glocke sagen, unter besonderer Berücksichtigung der Glocken von San Marco: Diese Glocken waren immer von ganz besonderer Bedeutung. Die Campanili anderer Kirchen der Serenissima haben einfach die glockenadäquaten Aufgaben erfüllt, wie sie Friedrich Schiller in der schon vorhin ganz kurz zitierten »Ballade von der Glocke« beschreibt – »Vivos voco, mortuis plango, fulgura frango«. Die Lebenden zum Gebet zu rufen, die Toten beklagen, die Blitze brechen – große Aufgaben für Alltagsglocken, den Chor sozusagen, und dazu kam noch die regelmäßige Angabe der Uhrzeit, lange vor Erfindung von Taschenuhr und Küchenuhr, die Warnung vor Feuergefahr und vor anderen Gefahren.

Glockensolisten erster Güte hatten zu allen diesen aber noch andere Pflichten zu erfüllen, ja Ehrenpflichten.

Der Campanile von San Marco vermochte die Ankunft von Kaufmannschiffen zu verkünden, den Dogen zu ehren. Die Glocken, die in Palermo zur Vesper riefen, haben den Aufstand der Sizilianer eingeläutet, die »Sizilianische Vesper«. Und der Sieg von Trafalgar, 1805 gegen die Flotte Napoleons, wurde den Engländern durch, wie man hört, sämtliche Kirchenglocken des Landes verkündet – in die hohen Töne der Freude mischte sich regelmäßig ein dumpfer, tiefer Schlag, denn der Admiral Horatio Nelson war in der Seeschlacht gefallen.

Auch die Glocken von San Marco haben einmal einen Sieg verkündet, der Weltgeschichte gemacht hat, jenen von Lepanto. Die verbündeten Flotten Spaniens, Genuas, Venedigs haben damals, 1571, unter dem Kommando des Spanischen Habsburgers Don Juan d'Austria und des venezianischen Patriziers Sebastiano Venier, die Türken besiegt, ein rettendes Atemholen für das bedrängte Abendland erstritten.

Die weitaus prominenteste dieser Glocken des Campanile von San Marco war und ist die »Marangona«. Und sie hat als einzige das Ende des Campanile überstanden.

Der Campanile war selbst im Moment dieses Abschieds noch rücksichtsvoll und war sich seiner Pflicht bewußt: Er sank senkrecht in sich zusammen, und so blieben auch die Schäden an den Bauwerken in seiner Nachbarschaft in Grenzen. Natürlich war die Loggia des Sansovino zerstört, die sein Entree bildet, und das Eck der Markus-Bibliothek, das ihm am nächsten steht, hat Schäden hinnehmen

Nach dem Einsturz. Foto-Studio Naya, 1902

müssen. Stellt man sich aber vor, der Riesenturm wäre nicht senkrecht gestürzt, sondern wie ein unsachgemäß gefällter Baum in irgendeine Richtung umgefallen, da wäre der Schaden noch viel größer gewesen.

Aber weshalb kam es überhaupt zu diesem Ereignis, das die Gazzetta eine »immensa catastrofe« nennt?

Die Untersuchung kam nur zu einem unvollkommenen Ergebnis. Mit den technischen Möglichkeiten von 1902 und unter diesen ungewöhnlichen Umständen war endgültige Sicherheit über die Ursache nicht zu erreichen. »Da es in diesem besonderen Fall nicht möglich ist, festzustellen, wie der Zusammenbruch geschah«, liest man in »Il Campanile di S. Marco riedificato«, dem Bericht des Magistrats.

Das Bauwerk hatte jedenfalls ein hohes Alter – im Jahre 912 hatte man den Bau begonnen. Obwohl man zu wenig von den statischen Problemen wußte, nur auf die Hilfe der Natur hoffen konnte, setzte man im Laufe der Zeit immer wieder ein weiteres Stockwerk auf die Mauerkrone des Campanile, der ursprünglich wesentlich niedriger war. Ab 1510 wuchs seine Höhe, wuchs sein Gewicht, doch die Fundamente waren dieselben geblieben. Und im unteren Teil hatte man umgebaut, hatte Säulen und Mauern entfernt, deren Tragkraft den verbliebenen Mauerteilen fehlte.

1885 war das Fundament untersucht worden. Da stellte man fest, daß der 320 Fuß hohe Turm sich auf ein Fundament von nur 28 Fuß Tiefe stützte. Das alte Gerücht, eine der Legenden rund um den Campanile, hatte gemeint, das Fundament sei viel tiefer, und es breite sich unter dem Pflaster der Piazza in alle Richtungen aus wie das Myzelium eines edlen Pilzes.

Die Untersuchung des Fundaments nach dem 14. Juli 1902 zeigte, daß es tatsächlich nicht die Ursache für den Einsturz darstellte. Selbst die uralten Pfeiler aus der ersten Bauperiode waren nicht verfault und morsch, sie waren versteinert und konnten ihre Aufgabe erfüllen.

Nun war also nichts, wo eben noch der höchste Turm der Serenissima war. Man kann es sich nur schwer vorstellen, aber diese Veränderung der venezianischen Skyline löste keine allgemeine Trauer aus. Manchen war der Campanile sogar im Wege gewesen. Johann Wolfgang v. Goethe erzählt in seiner »Italienischen Reise« von seinem Turmerlebnis:

»Heute habe ich abermals meinen Begriff von Venedig erweitert, indem ich mir den Plan verschaffte. Als ich ihn einigermaßen studiert, bestieg ich den Markusturm, wo sich dem Auge ein einziges Schauspiel darstellt. Es war um Mittag, und heller Sonnenschein, daß ich ohne Perspektiv Nähen und Fernen genau erkennen konnte. Die Flut bedeckte die Lagunen, und als ich den Blick nach dem sogenannten Lido wandte (es ist ein schmaler Erdstreif, der die Lagunen schließt), sah ich zum ersten Mal das Meer und einige Segel darauf …«

Für Goethe hat die Turmbesteigung also ihren Sinn gehabt, wie für jeden Besucher, auch heute, der sich einen Überblick, im wörtlichen wie im Doppelsinn, verschaffen möchte.

Ernst Moritz Arndt ist 1798 nach Venedig gekommen. Er hat die Serenissima im Jahr 1 nach Napoleon kennengelernt, und er ist in jeder Hinsicht enttäuscht. Das hat er auch niedergeschrieben, und so macht er auch heute, nach mehr als 200 Jahren, brutta figura. Er erklärt, dieses Volk habe »… nie eine schöne Stadt bewohnt«. Woher Arndt das weiß? Alles findet er furchtbar, hier, wo man Ruhm und Macht der Vorfahren verspielt habe. Der deutsche Dichter lobt die deutsche Kleinstadt und vergleicht sie mit Venedig, das da sehr schlecht abschneidet:

»Nirgends kann man empor und um sich sehen, um durch einen Turm oder dergleichen seine Richtung zu bestimmen.« Offenbar sind Arndt die Campanili von San Giorgio Maggiore und von San Marco nicht aufgefallen, nein halt, den Campanile von San Marco hat er gefunden. Aber er mag ihn nicht, »...weil er die Aussicht und die Symmetrie des Platzes stört«.

In diesem Ton geht es weiter, aber uns geht es ja um den Glockenturm der Basilica. Wenn auch der betuliche Kleinstädter aus dem Norden manche Plattitüde von sich gibt, so haben doch sogar venezianische Bürger den am 14. Juli 1902 entstandenen freien Blick über die Stadt zu schätzen begonnen. Daniele Varé, der uns in diesem Buch immer wieder begegnet, berichtet: »Mein Vetter Nane, der die Piazza bald nach der Katastrophe betrat, rief entzückt aus: ›Meno male!‹ (Wörtlich ›weniger schlecht‹, gebraucht wie ›Gott sei Dank!‹, Anm. d. Verf.)

Nane meinte, die Piazza sehe besser aus ohne den einzeln stehenden Turm in einer Ecke, und wenn wir schon einen Campanile haben müßten, sollte man ihn besser anderswo aufbauen.«

Dieser Nane steht nicht allein da mit seiner Meinung. Die Frage, ob und wenn, wo und wie der Campanile wiedererstehen solle, führte zu ausgiebigen Diskussionen in den Kaffeehäusern, den Familien, in den Zeitungen. Doch dieses Problem war ja längst keines mehr, denn schon am Abend dieses 14. Juli hatte der Gemeinderat beschlossen, den Turm wieder zu errichten – com'era, dov'era.

An der Stelle, an der er gestanden, wurde der Campanile wiedererbaut, zum guten Teil mit den alten Materialien, und in der vertrauten, den Venezianern und ihren Gästen liebgewordenen Form. Baubeginn des verewigten Campanile war am 25. April 912 gewesen, und exakt 1000 Jahre später sollte der wiedererbaute Turm eingeweiht werden, am 25. April 1912.

Die »Marangona« hatte den Sturz aus der Höhe überstanden, und die vier anderen Glocken lieferten das Material für den Guß der vier neuen. Papst Pius X., der bis zu seiner Wahl Patriarch von Venedig gewesen war, übernahm die Kosten, und der Leiter der Bibliothek von San Marco, Rossolino Gattinoni, ein Mann von umfassender Kenntnis der Geschichte Venedigs und vor allem jener des Campanile, schrieb das Buch »Storia del Campanile di San Marco in Venezia«.

Die sechs aus den Trümmern geretteten Hemden mußten noch einmal gewaschen und noch einmal gebügelt werden. Sie waren ein Produkt einer Firma mit Sitz an der Piazza, von Jesurum. Als im Juli 1912 ein Festbankett zur Feier des wiedererstandenen Campanile veranstaltet wurde, hatten sechs der Gäste die Ehre, die Hemden bei dieser Gelegenheit anzulegen.

Der Campanile stand wieder an seinem Platz, nunmehr sicherer gebaut. Und alles, alles war gut.

Pietro Tribuno hieß der Doge, der das Fundament für den Turm hatte legen lassen, 912. Pietro Partecipazio hatte den Bau begonnen. Pietro Orsenigo, ein heiliggesprochener Doge, sorgte mit großen Summen aus seinem privaten Vermögen für den Wuchs des Campanile zu einer Höhe, die ihn über die umliegenden Dächer sehen ließ. Die Turmspitze ließ man vergolden, nun leuchtete sie deutlich und diente den Schiffen zur Orientierung.

Aber sie half auch dem Blitz, ein Ziel zu finden, und so wurde die Spitze schließlich verändert. Nun bestand sie aus Holz und war bedeckt von farbigen Steinen.

Der Campanile diente zuerst als Glockenturm, dann wurde er zum Prestigesymbol. Und als er eine beträchtliche Höhe erreicht hatte, begann seine Karriere im Dienste des Fremdenverkehrs. Wer an einem Tag im Juni oder August die Turmspitze mittels Fahrstuhls erreichen will, muß das Warten in langer Schlange in Kauf nehmen. Dafür erlebt man dann zum Lohn die Aussicht über die Höfe und die

Johann Martin Engelbrecht (1684–1756), Augsburg, ca.1740. »Die Piazza von San Marco«, Guckkastenbild

Dächer und die Türme, den Blick über die Lagune, wie ihn uns Goethe beschreibt, der den Campanile, wie schon geschildert, auch als Tourist bestiegen hat.

Aus praktischen, aus wissenschaftlichen Gründen wurde der Campanile am 21. August 1609 erklettert. Galileo Galilei hatte von einer holländischen Erfindung gehört, die ihn irritierte, und er ging sofort daran, selbst so etwas herzustellen. Goethe nennt sie im Bericht über seine Campanilebesteigung ein »Perspektiv«, Galilei nannte sie »preziosa macchinetta« oder »Perspicil«, das Fernrohr also. In Begleitung mehrerer Patrizier stieg der große Gelehrte auf den Turm und zeigte, wozu das von ihm geschaffene optische Gerät in der Lage war. Der

Bericht des Prokurators Antonio Priuli informiert uns über den vollen Erfolg dieser Demonstration.

Die Herren beobachteten die Lagune, die Schiffe, ja selbst die Kirchgänger auf Murano. Galilei schilderte ihnen, wozu dieses Gerät dienen könne – man könne damit eine feindliche Flotte beobachten, zwei Stunden, bevor man selbst gesehen werde. Dann könne man in Ruhe die Stärke des Feindes abschätzen und sich für »Jagd, Kampf oder Flucht entscheiden«. Wenige Tage später schrieb Galileo Galilei dem Dogen, Leonardo Donà, einen Brief, beschrieb abermals sein Fernrohr und machte es der Serenissima zum Geschenk.

Und er äußerte eine Bitte. Seit 17 Jahren gehöre er der Universität Padua an, er könne noch Großes leisten, wenn man ihm diese Stelle für den Rest seines Lebens gewähren wolle.

Einen Tag später, am 25. August, stimmte der Rat über Galileis Wunsch ab. Antonio Priuli hatte sich sehr für die Zustimmung eingesetzt, freudig trat er durch die Türe auf den wartenden Gelehrten zu, umarmte ihn und berichtete von der erfolgreichen Abstimmung.

Wenige Monate danach sah Galilei seine Zukunft anders. In seinem Brief vom 15. Juni 1610 verzichtete er auf seine Stelle und ließ sich auch von den großzügigen Angeboten des Senats von Venedig nicht umstimmen. Am 7. September reiste er ab. Antonio Priuli wurde einige Jahre später zum Dogen gewählt. Man durfte in seiner Gegenwart den Namen Galilei nicht mehr erwähnen. Der Ärger, den der große Gelehrte 23 Jahre später mit der Kirche haben sollte, wäre ihm erspart geblieben, hätte er damals noch immer den Schutz der Serenissima genossen.

Venedig war, bei aller historischen Nähe zu Byzanz, immer katholisch. Aber die Republik ließ sich von Rom in staatlichen Fragen nichts vorschreiben, und selbst in religiösen Belangen war die Regierung von selbstbewußter Sicherheit. Das zeigte sich in vielen Fällen, ja sogar im offenen Konflikt mit dem Papst. Doch die Stadt des Heiligen Markus sah auch sehr genau auf die Einhaltung der katholischen Lehre im Alltag. Damit sind wir wieder beim Campanile.

Immer wieder wurden Priester und Nonnen zu schweren Strafen verurteilt, wenn man sie irgendwelcher Vergehen überführte. Ein Geistlicher aus der Pfarre San Cassiano war in einem Gasthaus bei schrecklichen Flüchen ertappt und verraten worden. Dafür hatte er zuerst einige Tage in Untersuchungshaft zu büßen, und als die Zeugen vernommen worden waren, wurde das Urteil verkündet: zehn Jahre Gefängnis, davor aber zehn Tage am Pranger. Nun wurde der Verurteilte in ein groteskes Kostüm gesteckt, das mit vielen kleinen Teufeln bemalt war, in einen Käfig gesperrt und an einer Außenwand des Campanile hochgezogen. Dort war der arme Delinquent Tag und Nacht dem Wind, dem Regen, dem Spott ausgesetzt, bevor er in das nahegelegene Gefängnis gebracht wurde. Später sollte ihm, eine Fußnote zu dieser Geschichte, mit Hilfe seiner Mutter, die ihm das notwendige Werkzeug in die Haft geschmuggelt hatte, die Flucht gelingen.

Wehmütig hat Daniele Varé, der Diplomat und Schriftsteller, des letzten Tages des greisen Campanile gedacht. Er hat sich vorgestellt, wie die alten Türme der Stadt und der weiten Umgebung in ständigem Dialog über Flüsse und Ebenen hinweg in Verbindung stehen, und er meinte, daß der alte Campanile »... als seine letzte Stunde gekommen war, seinen Brüdern, den Glockentürmen auf den Inseln und auf dem Festland bis zu den Alpen und den Euganeischen Bergen, zugerufen haben könnte ›Steht fest, denn ich falle! Lebt wohl, lebt wohl, lebt wohl!‹«

»In der Gondel lag ich gestreckt …«

Mozart, Goethe, Wagner – Die Farbe der Gondel – Der Gesang der Gondolieri – Feindschaften – Die Form der Gondel – Die Forcola – Wer wird Gondoliere? – Frauenregatta – Andere Schiffe – Der Bucintoro

Am 20. Februar 1771 erzählt Leopold Mozart in einem Brief an seine Frau – sie war in Salzburg geblieben – er und Sohn Wolfgang hätten schon eine schöne Promenade in der Gondel erlebt. Er habe in den ersten Nächten in Venedig im Einschlafen den Eindruck gehabt, daß sein Bett schaukle, und er habe sich ständig in einer Gondel gefühlt.

»Ich gab meinen Seepferdchen die Sporen …«, schreibt Johann Caspar Goethe. Und er vermerkt auch gleich, daß es die Gondolieri gar nicht komisch fänden, wenn er sie so nennt, aber es sei der allgemein gebräuchliche Scherzname für diesen Beruf.

Ihn selbst haben sie jedenfalls beeindruckt, denn er nimmt ein Souvenir nach Hause mit, das für den Sohn Johann Wolfgang von Bedeutung werden sollte. Er schreibt in der »Italienischen Reise«:

»Als die erste Gondel anfuhr (es geschieht, um Passagiere, welche Eil' haben, geschwinder nach Venedig zu bringen), erinnerte ich mich eines frühen Kinderspielzeuges, an das ich vielleicht seit zwanzig Jahren nicht mehr gedacht hatte. Mein Vater besaß ein schönes mitgebrachtes Gondelmodell; er hielt es sehr wert, und mir ward es hoch angerechnet, wenn ich einmal damit spielen durfte. Die ersten Schnäbel, von blankem Eisenblech, die schwarzen Gondelkäfige, alles grüßte mich wie eine alte Bekanntschaft, ich genoß einen langentbehrten freundlichen Jugendeindruck.«

In »Mein Leben« schildert Richard Wagner seine erste Begegnung mit der Serenissima im Jahre 1858. Er kommt mit der Eisenbahn, besteigt eine Gondel, und fühlt sich gleich – nicht wohl:

»Das Wetter war plötzlich etwas unfreundlich geworden, das Aussehen der Gondel selbst hatte mich aufrichtig erschreckt«, erzählt er, »denn so viel ich auch von diesen eigentümlichen, schwarz in schwarz gefärbten Fahrzeugen gehört hatte, überrascht mich doch der Anblick eines derselben in Natur sehr unangenehm: Als ich unter das mit schwarzem Tuch verhängte Dach einzutreten hatte, fiel mir zunächst nichts andres als der Eindruck einer früher überstandenen Cholerafurcht ein. Ich vermeinte entschieden, an einem Leichenkondukte in Pestzeiten teilnehmen zu müssen.«

Die Gondeln, die Richard Wagner meint, trugen, in einer Zeit der Mode ohne Sonnenbräune, noch ihre hölzernen Kästen, wie sie seit Jahrhunderten gebaut worden waren.

Dieser erste Eindruck sollte sich bald bei näherer Bekanntschaft zwischen Venezia und Wagner ändern, denn einige Tage später hat der Meister schon etwas mehr von der Wunderstadt verstanden. Wagner läßt sich in einer Gondel fast täglich von seiner Wohnung über den Canal Grande nach San Marco, und von dort immer wieder auch bis zum Lido bringen. Das hätte auch Goethe gerne erlebt, der

70 Jahre zuvor schreibt: »Das Meer ist doch ein großer Anblick! Ich will sehen, in einem Fischerkahn eine Fahrt zu tun, die Gondeln wagen sich nicht hinaus.«

Was Richard Wagner so sehr irritiert – die schwarze Farbe der Gondel – das geht auf einen Erlaß von 1562 zurück. Bis zu diesem Zeitpunkt waren die Gondeln bunt, sie trugen alle erdenklichen Farben und farbigen Muster. Der Angeberei war keine Grenze gesetzt, nun bekam sie eine – Gondeln tragen seither Trauer. Freilich sieht man immer wieder solche, deren Rückenlehnen bemalt sind, und fast alle haben goldene Verzierungen.

Für Goethe sind die Gondolieri noch weit mehr als nur einfach Fuhrwerker: »Auf heute Abend hatte ich mir den famosen Gesang der Schiffer bestellt, die den Tasso und Ariost auf ihre eignen Melodien singen. Dieses muß wirklich bestellt werden, es kommt nicht gewöhnlich vor, es gehört vielmehr zu den halb verklungenen Sagen der Vorzeit. Bei Mondenschein bestieg ich eine Gondel, den einen Sänger vorn, den andern hinten; sie fingen ihr Lied an und sangen abwechselnd Vers für Vers ...«

Und Goethe erlebt nun, was zu seiner Zeit offenbar gar nicht selten war: die Verzauberung des Zuhörers beim Gesang der Gondolieri, die in einer ganz bestimmten Weise mit lauter Stimme durch die Nacht singen. Die Gondel legt an der Giudecca an, die drei Männer steigen aus, und während nun der Gast auf und ab geht, singen die beiden Gondolieri im Wechsel Vers um Vers, eben Gedichte von Lodovico Ariosto oder Torquato Tasso, auf überlieferte Melodien – der eine Sänger weit entfernt vom anderen. Und Goethe überkommt eine Stimmung, die so stark ist, daß sie den Leser auch heute zu bewegen vermag:

»Als Stimme aus der Ferne klingt es höchst sonderbar, wie eine Klage ohne Trauer; es ist darin etwas Unglaubliches, bis zu Tränen

Rührendes …« Goethe erzählt davon, und bekommt den Rat: »… daß ich die Weiber vom Lido, besonders die von Malamocco und Pelestrina, hören möchte, auch diese sängen den Tasso auf gleiche und ähnliche Melodien.«

Davon ist nun leider heutzutage gar nichts übriggeblieben, und die Touristen aus Übersee, die sich einen Sänger mit Akkordeonbegleitung zwecks Anhörung neapolitanischer Lieder, die sie von Pavarotti-CDs kennen, angemietet haben, kommen schwerlich in jenes schöne Gefühl, das den lauschenden Goethe befallen hat.

Wir kennen den Gondoliere mit seinem typischen schwarzen oder weißen Hemd mit dem großen Kragen, ohne Knopfleiste, einem Strohhut mit buntem Band – in einer Kleidung, die nicht immer so einheitlich war.

Bis hoch ins 19. Jahrhundert hatte man zu unterscheiden zwischen dem Gondoliere, der als »Gondolier de casada« eine Livree trug, in den Farben und im Dienst einer einzigen Herrschaft, und den uns vertrauten Wassertaxifahrern. Aber auch diese waren von Unterschieden geprägt – noch um die Mitte des 19. Jahrhunderts gab es die Castellani und die Nicolotti. Da bestand der Unterschied nur mehr im Namen und in der Mützenfarbe – letzter Rest einer tiefsitzenden Abneigung zwischen den Bewohnern des westlichsten und des östlichsten Teils der Serenissima.

Im 12. Jahrhundert hatte diese Feindschaft ihren Anfang genommen. Ein Spottlied eines Stadtteils über einen anderen, ein Spitzname, ein höhnisches Gedicht, das gibt es in vielen Städten.

Doch hier wurde aus dem harmlosen Anfang blutiger Ernst. Nach dem Mord an einem Bischof von Castello um die Mitte des 12. Jahrhunderts kam es zum Kampf. Die verfeindeten Parteien vermochten diesen mit Waffen ausgetragenen Zwist noch in ein alljährlich stattfindendes Ritual zu verwandeln, aber auch dieser rituelle Kampf

Eine Gondel, wie Richard Wagner sie noch sah. Ansichtskarte, ca.1890.

wurde ebenso blutig ausgetragen wie eine Fehde in anderen Teilen der Halbinsel.

Das ist ungewöhnlich, denn die Bewohner der Serenissima genießen den Ruf, friedlich zu sein, konziliant, freundlich. Aber die Menschen aus dem Gebiet rund um das Arsenal, aus Castello, und jene aus dem Gebiet von San Nicolò dei Mendicoli nahmen ihren Konflikt so ernst, daß es vorbei war mit Konzilianz und Freundlichkeit. Jahr für Jahr kam es zum Kampf, und Jahr für Jahr gab es Tote.

Als Waffe dienten Stöcke mit einer verstärkten Spitze, 1574 wurden sie zum letzten Mal gebraucht. Je 300 Mann waren auf beiden Seiten gegeneinander angetreten, halb im Ernst, halb im Spiel. Prominenter Zuschauer war der König von Frankreich, Heinrich III. Entsetzt befahl er das Ende, als er erkannt hatte, welch blutiger

Folgende Bildseite: Gabriel Bella (1730–1799) »Der Kampf der Castellani und der Nicolotti«

Kampf sich da entwickelte. Von nun an wurde nur mehr mit Fäusten gekämpft, wie bisher auf einer Brücke, wie bisher mit äußerster Wut auf den Gegner, wie bisher mit einer erschreckenden Zahl von Toten – Jahr für Jahr. Ziel des Kampfes war die Eroberung des höchsten Punktes der Brücke.

Diese »guerra dei pugni«, also der Krieg der Fäuste, lebt weiter in den Namen der Brücken. Bei San Barnaba liegt der Ponte dei pugni, man sieht noch die Startlinie der Kämpfer. Bei San Zulian erinnert der Ponte della Guerra an die Faustkämpfe, auch die Gasse erinnert an diese »guerra«, und ein weiterer beliebter Austragungsort war die Brücke von S. Fosca. Man fragt sich, steht man heute an diesen Stellen der engen Calli und Campielli, wo denn die vielen Mitwirkenden Platz gefunden haben mögen, aber wenn man einmal am Höhepunkt der Tourismussaison hier vorbeigekommen ist, fragt man sich nicht mehr …

Auf der Brücke fielen Unglückliche im dichten Gewühl und wurden zertreten, andere stürzten von der Brücke und ertranken im Kanal, erstickten im Schlamm, schlugen sich den Schädel an steinernen Brückengeländern ein. Andere wurden von den Wurfgeschossen aus den umliegenden Häusern getroffen. Aus sicherer Distanz warfen aufgewühlte Anhänger der einen oder der anderen Gruppe, oder einfach ex et per se Radaubegeisterte, irgendwelche Gegenstände wie Möbel, schütteten kochendes Wasser aus ihren Fenstern. Und die Zahl der Toten dieser folkloristischen Veranstaltung, deren Wurzeln wohl kaum jemand noch gekannt haben wird, war erschreckend.

1705 machten ein neues Jahrhundert und ein strenger Befehl des Rates der Zehn der liebgewordenen Tradition ein Ende. Übrig blieben die Erinnerung, Darstellungen auf den Bildern Gabriel Bellas und anderer Maler des venezianischen Volkslebens und die Bezeichnungen »Nicolotti« und »Castellani«.

Antonio Canal »Der Canal Grande mit S.Maria della Salute«, 1725. Detail

Die einen hatten rote Mützen, die anderen schwarze – die Gondolieri trugen sie noch um die Mitte des 19. Jahrhunderts.

Den Spuren dieser Kämpfe begegnet man noch nach Jahrhunderten. Das Museo Correr erinnert mit mehreren Bildern an die blutige Tradition, auch die Sammlung des Palazzo Querini Stampaglia mit Bildern von Gabriel Bella. Und manche Besucher, die ein wenig Italienisch sprechen, werden sich wundern, weshalb mitten in der friedlichen Stadt eine Brücke, eine Calle, der guerra gewidmet sind, dem Krieg. Das ist nicht irgendein Krieg, das ist der traditionelle Kampf der Nicolotti und der Castellani, der da weiterlebt. An ihn erinnert ebenso der Ponte dei pugni, die Brücke der Faustkämpfe, am Rio San Barnabà. Die dort in den Boden eingelassenen Markierungen für die erste Reihe der Kämpfer sind noch zu sehen.

An ihrem prominentesten Liegeplatz haben die Gondolieri ihr eigenes kleines Heiligtum, die Madonna dei Gondolieri. Am Ponte della Paglia, das ist die breite Brücke, die dem Ponte dei Sospin als

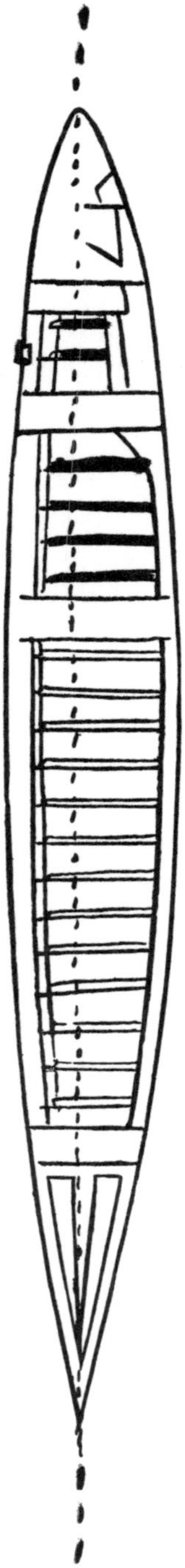

Tribüne dient, die man also für sich kaum jemals wahrnimmt, an dieser Brücke also findet sich an der westlichen Seite ein Relief: Maria mit dem Kind. Und darunter sind zwei Gondeln zu sehen, in der Form der frühen Renaissance. Alle Veränderungen des Ponte della Paglia, der Riva degli Schiavoni hat die Madonna überstanden.

Ungefähr im 11. Jahrhundert hat die Gondel jene Form erreicht, die sie bis heute bewahrt. Sie muß schlank sein, um durch die schmalen Wasserstraßen zu kommen, sie soll dem Gondoliere Standfestigkeit bieten.

Und sie ist nicht symmetrisch, was man wohl nicht auf den ersten Blick bemerkt. Der Platz für den Gondoliere hat seine eigene Basis, kann nicht nach Gutdünken verändert werden. Die Gondel neigt sich leicht nach der einen, der breiteren und schwereren Seite. Hier hat der Gondoliere seinen Platz, die punta piede.

Er lenkt sein Fahrzeug mit Hilfe eines kunstreichen Teils am schmaleren Teil der Gondel, der »Forcola«. Sie ist ein Symbol für Venedig geworden, man kann sie als Lesezeichen bekommen, trifft sie auf Ansichtskarten, als Briefbeschwerer in Miniaturformat. Sie ist nicht fest mit der Gondel verbunden, sondern wird in eine Vertiefung versenkt. Die Forcola ist von großem Wert, wenn der Gondoliere nach Hause geht, nimmt er sie mit.

Es gibt verschiedene Arten, alle sind sie aus Walnußholz. Eine der letzten Werkstätten – nein, das ist

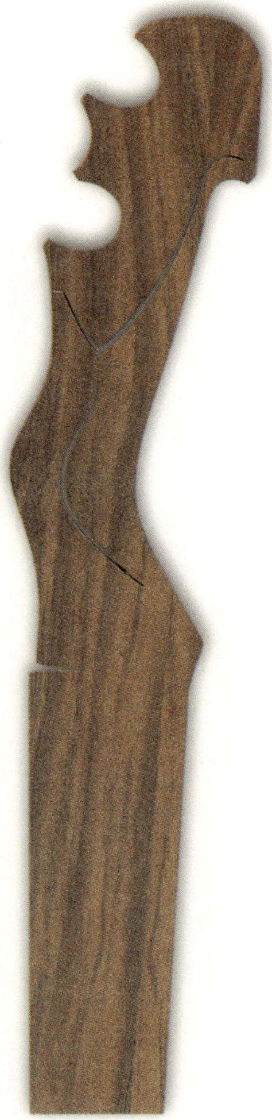

nicht das rechte Wort für diesen Ort –, eines der letzten Ateliers, wo diese Forcole entstehen, liegt im Stadtteil Dorsoduro. Ich kann mir vorstellen, daß der Forcolakünstler keine reine Freude hat, wenn zu viele Besucher gleichzeitig seine subtile Arbeit behindern, dennoch ist da ein ständiges Kommen und Gehen, die typisch venezianische Bewegung, wie Ebbe und Flut.

Die geheimnisvolle Ästhetik dieses hölzernen Gegenstands zwischen Handwerk und Kunst fasziniert den wissenden Venezianer, auch den sensiblen Gast. In einem Jahrtausend Erfahrung, im Zusammenwirken von Gondelbauer, Holzkünstler, Gondoliere, ist die Forcola entstanden, gewachsen. Es gibt verschiedene Arten, und die kunstreichste ist jene mit den zahlreichsten Funktionen. Die Forcola, die auf dieser Seite und diese Zeilen begleitend zu sehen ist, muß man sich fünfmal so groß vorstellen. Sie dient einer sogenannten Bissona, das ist eine große Barke für acht oder auch noch mehr Ruderer. Sie wird am rechten Rand des Schiffchens angebracht.

Der Gondoliere setzt an einem bestimmten Punkt dieser höchstentwickelten Rudergabel an, um vorwärts- oder rückwärts zu fahren, zu reversieren, zu wenden. Überhaupt ist großes Wissen notwendig, von der Erfahrung unterstützt, um dieses absolut auf der Welt einmalige Wasserfahrzeug sicher fortzubewegen. Selbst eine Gondel kann manche Kanalenge nur passieren, wenn Ebbe herrscht und ein Meister sie lenkt. Solche Stellen gibt es bei Santo Stefano, bei San Stae.

Ein Gondoliere von kleinerer, kräftiger Statur ist im Vorteil gegenüber einem zu groß gewachsenen, denn schon bei normalem Wasserstand muß der balancierende Ruderer immer wieder tief in die Knie gehen, um unter allen Brücken durchzukommen. Die Balance des Ruderers wird unterstützt durch die eisernen Enden der Gondel – das »ferro da poppa« und das »ferro da prora«. Die poppa ist das Heck, die prora der Bug. Und dieser Bug ist noch von einer Besonderheit geprägt.

Die typische Spitze der Gondel, also was man von ihr zuallererst sieht, kommt sie einem entgegen, ist diese eiserne Verzierung. Sie stellt die Kappe des Dogen dar und darunter sind sechs eiserne Querbalken zu sehen – die Symbole der sechs Bezirke Venedigs, der Sestieri.

Der Gegenverkehr wird auf atavistische Weise, durch einen Ruf, nein, durch aus der Tiefe kommende Laute gewarnt: »Oeee!« Geantwortet wird mit »Premi! – Links halten!« oder »Stai – rechts halten!«. Dieser Laut entsteht nicht allein im Hals, er ist nur möglich durch die gute Stütze, wie der Stimmbildner sagt. Seine überraschende Kraft beeindruckt, und Richard Wagner erzählt in seinen Memoiren: »Als ich einmal spät des Nachts durch den düstren Kanal heimfuhr, trat plötzlich der Mond hervor und beleuchtete mit den unbeschreiblichen Palästen zugleich den sein gewaltiges Ruder langsam bewegenden, auf dem hohen Hinterteile meiner Gondel ragenden Schiffer.

Plötzlich löste sich aus seiner Brust ein dem Tiergeheul nicht unähnlicher, von tief her anschwellender Klagelaut, und dieser mündete sich nach einem lang gedehnten ›Oh!‹ in den einfach musikalischen Ruf ›Venezia!‹. Dem folgte noch einiges, wovon ich aber infolge der großen Erschütterung, die ich empfand, keine deutliche Erinnerung bewahrt habe.«

Wir müssen uns dieses »Venezia« wegdenken, das Übrige läßt sich auch heute noch erleben.

Die Namen der Gondolieri sind Nebensache, wichtig ist der nom de guerre. Da heißt einer beispielsweise Giorgio Sacchetti, und sein Übername ist Bepi. Das hat nichts mit Diminutiven und Kosenamen zu tun, das sind Namen, wie man sie sonst nur bei den Toreros findet, noms de guerre eben – Gianfranco Vianello genannt Clea, Franco de Rossi genannt Strighetta.

Alle diese Gigis oder Cleas oder Bepis tragen diese zweite Bezeichnung als einen Ehrennamen, der sie begleitet von den ersten bedeutenden Taten bis zum Grab, bis ins Grab, der noch auf dem Grabstein zu lesen ist.

Das Standesbewußtsein der Gondolieri ist groß. Da gibt es auch noch eine Identifikation mit der Gruppe des jeweiligen Standplatzes – bei San Tomà, beim Hotel Danieli, bei San Stae ... Und diese verschiedenen Gruppen stellen auch noch Fußballmannschaften auf, treten in einer eigenen Gondolieri-Meisterschaft gegeneinander an, und die Zeitung berichtet davon.

Man kann verstehen, daß es kaum möglich ist, Gondoliere zu werden, wenn man nicht aus der Lagune stammt. Ja, in Gondoliere-Kreisen meint man, diesen Beruf solle nur ausüben, wer aus einer Gondoliere-Familie kommt.

Im Jänner 2001 starb der Gondoliere Armando Nardin, genannt Lupetto, das Wölfchen. Er war 75 Jahre alt, hatte sich erst vor wenigen Jahren in die Pension zurückgezogen und hinterließ eine Frau und fünf Kinder. Sein Sohn Nicola hat den Beruf des Vaters übernommen, den auch schon Armandos Vater ausgeübt hat, Giorgio Nardin, genannt Lupo. Dieser Großvater ist zwischen 1930 und 1946

Folgende Bildseite: Gabriel Bella »Die Regatta der Frauen«, ca. 1780

Reggatta Delle Donne
In Canal

bei zahlreichen Regatten erfolgreich gewesen, zweimal war er Sieger der berühmtesten, der Regatta Storica. Lupetto stand ihm kaum nach: Er gewann bei der wichtigen Regatta von Murano, war Zweitbester bei einer Regatta Storica.

Heute ist es eine Selbstverständlichkeit, daß ein Sportler Tag für Tag trainiert, insbesondere wenn es sein Beruf ist. Aber hier geht es nicht nur um Kondition und Geschick, sondern auch um überliefertes Wissen, Gefühl, ererbtes Talent. Die unglückliche US-Amerikanerin, die sich seit Jahren bemüht, alle Prüfungen zu schaffen, die mit Beharrlichkeit und Anwaltsunterstützung und im Lichte der Medien um eine Zukunft in den Kanälen kämpft, wird wohl ohne Chance sein. Das heißt nicht, daß die weiblichen Bewohner der Lagune vom Rudern ausgeschlossen sind. Die Besucher der Regatta Storica erleben Jahr für Jahr das Schauspiel der »Regatta delle donne«.

Was »Regatta Storica« bedeutet, kann man nicht überschätzen. Der Palio von Siena, die Fiesta de San Fermin in Pamplona, der Karfreitag in Palma de Mallorca, San Isidro in Madrid … und die Regatta Storica, das sind Erlebnisse weit jenseits eines Touristenspektakels, sind Elementarereignisse für die Bewohner dieser Städte.

Wer bei der Regatta gewinnt, ist auch heute noch in Venedig, Burano und Mestre ein berühmter Mann – oder eben eine berühmte Frau. Jahr für Jahr wird angetreten zum »Zweier der Männer«, »Zweier der Frauen«, dann kämpfen auch noch acht Männer pro Boot, und schließlich die »Giovanissimi«, die 14 Jahre altenKnaben. Nicolo Zeno berichtet von einem Wettstreit zweier Frauen in Gondeln im Jahr 1064. Dieser Wettkampf hat noch nicht den Beginn einer Tradition bedeutet, doch schon im 14. Jahrhundert war das anders.

Viele Frauen kamen zu Schiff aus der Lagune ins Zentrum, brachten ihre Ware – Tomaten, Gurken, Fische, mußten also zu rudern verstehen.

Im Saal Nr. 53 des Museo Correr begegnet man der Maria Boscola, einem schönen Mädchen. Sie trägt Tracht, auf dem Kopf sitzt schräg ein Strohhut, und im Arm hält sie ihre Trophäen, fünf Stück, fünf Fahnen. Die Blusenärmel lassen kräftige Oberarme ahnen, das hübsche Gesicht zeigt Harmonie, man würde der Frau gerne begegnen ... geht aber nicht. Die Fahnen in ihren Armen zeigen, daß sie siegreich war, »a due remi«, zu zwei Rudern. Ihre fünf Siege geben Zeugnis von einem ungewöhnlichen Lebensweg, sie haben stattgefunden am 4. Mai 1740, am 4. Juni 1764, am 3. Juni 1767, am 8. Mai 1784, am 25. Mai 1784.

Leider nennt das Bild kein Geburtsdatum. Nehmen wir an, die Maria Boscola habe sehr früh begonnen, ihren ersten Sieg hätte sie mit angenommenen achtzehn Jahren errungen. Da wäre sie also im Jahre 1722 geboren, und somit wäre sie im Jahr ihres Doppelsiegs zweiundsechzig Jahre alt gewesen ...

Die Tradition hat sich fortgesetzt, sie lebt weiter. Wenngleich Frauen immer auch ausgeschlossen waren von bestimmten Verkaufsvorgängen – die Fischer von Chioggia ließen nicht zu, daß Frauenhände die frischgefangenen Fische berühren – so waren sie doch in der Lagune stets beachtet, geachtet, bewundert. Der rituelle Wettkampf, den sie vom Bacino aus über den Canal Grande austrugen, wurde zum gesellschaftlichen Ereignis, von den großen Familien wahrgenommen und gewürdigt.

Ich erinnere mich eines Wettkampfes im Rahmen der Regatta Storica, der von wirklich bedeutender Dramatik war. Man sah sich ohnehin schon umgeben von Fanclubs dieser oder jener Gruppe, der Frauen von Murano oder jener von Pelestrina oder einer anderen Verehrer-Gemeinde, und die Spannung war groß. Das Rennen begann, einer dieser Zweier übernahm die Führung – hielt sie, war eindrucksvoll.

Da sank eine der beiden Frauen nieder, von der Anstrengung, einem Kreislaufproblem, wovon immer gefällt. Sie lag ohnmächtig am Boden ihres Bootes, das doch so knapp vor dem Sieg stand – aber die zweite Frau gab nicht auf, eine wahre Erbin der Maria Boscola, sie kämpfte weiter, und sie schaffte es alleine. Diese letzten hundert Meter waren vom ohrenbetäubenden Gebrüll der mutmachenden Zuschauermenge zu beiden Seiten des Canal Grande begleitet, vom Rufen und Winken aus den Fenstern, von aufgeregten Kommentaren im Fernsehen.

Denn zur Regatta Storica am ersten Sonntag im September kommt die RAI und überträgt, kommen Venezianer in ihre Häuser und Palazzi, die längst vor der Feuchtigkeit, dem Tourismus, der mannigfaltigen Veränderung ihrer Heimatstadt, nach Mestre oder noch viel weiter geflohen sind.

Die Berichte am nächsten Tag im Gazzettino nehmen viele und prominente Seiten ein, als ginge es um die Fußballweltmeisterschaft.

Aber neben dem sportlichen Ereignis gibt es tatsächlich noch ein eher dem Tourismus zugedachtes. »Eher« – und eben nicht unbedingt nur dem Tourismus zugedacht ... Der vordergründige Zweck dient als Camouflage für die Sehnsucht nach der großen Vergangenheit, als Vorwand für ein Spiel von großem Aufwand.

Die Regatta erinnert an die großen Auftritte des Dogen, an die Prunkschiffe der Patrizier, an die Bootsleute in den Wappenfarben ihrer Herrschaft. Wer Glück hat oder Erfahrung, sitzt schon am Vorabend am Canal Grande und beobachtet die Ankunft der großen geschmückten Boote, die vom Bacino kommend, von der Dogana da Mar bis Santa Lucia gebracht werden. Am nächsten Tag werden sie dann in der Regatta strahlend im Licht den Weg in die Gegenrichtung nehmen, auf San Marco zu.

Die Regatta Storica. Zeichnung von Alfredo Ortelli. Beilage der »Gazzetta del Popolo«, 15. Oktober 1922

Wer den Anblick einmal erlebt hat, wird ihn nie wieder vergessen, und die Phantasie, schon beflügelt durch die detailfrohen Darstellungen von Canaletto oder Gabriel Bella, hat es nun leichter, sich die Pracht des siebzehnten, achtzehnten Jahrhunderts in die Gegenwart zu denken.

Man muß sich vor Augen führen, wie Venedig vor der Erfindung von Dampfschiff und Schiffsschraube ausgesehen hat. Alles, was auf dem Wasser unterwegs war, brauchte die Kraft der Ruderer oder des Windes. Der Gedanke an ein großes Schiff mit hohen Segeln vor San Marco, vor Santa Maria della Salute, gibt dem vertrauten Anblick eine weitere Dimension, läßt ihn noch schöner werden.

Carlo Goldoni berichtet von der Ankunft bei San Marco: »Kommt man von der Seite der Piazza von San Marco an, in einem erstaunlichen Gewimmel von Schiffen aller Art – Kriegsschiffe, Handelsschiffe, Fregatten, Galeeren, Barken, Boote, Gondeln – so geht man an einer Stelle an Land, die Piazzetta heißt, kleiner Platz.«

Eine Vielfalt und eine Vielzahl von Schiffen finden auch die Besucher von heute vor, die bei der Piazzetta an Land gehen. Aber wer das Glück hat, zwischen den vielen Wassertaxis, Vaporetti, Fährschiffen zu erleben, wie ein Dreimaster durch das Bacino gleitet, wird den Eindruck nicht verlieren. Manchmal erlebt man eine größere private Jacht, aber das ist nichts im Vergleich zum Anblick des gewaltigen Schulschiffs der Marine!

Und da Italien auch noch heute Freude an der Farbe und Eleganz seiner Uniformen hat, passen auch der Seekadett, der Marineoffizier in das schöne Bild. Die großen Schiffe, die vom hohen Meer kamen und kommen, befahren allenfalls den Canale della Giudecca, nie den Canal Grande. Er ist nicht tief genug für Schiffe gewöhnlicher Bauart. Was immer an Fahrzeugen in der Lagune zuhause ist, hat sich aus dem Floß entwickelt, ist flach gebaut und von geringem Tiefgang.

Diese Boote verursachen keine Schäden – das riesige Kreuzfahrerschiff verursacht sie sehr wohl. Auf seinem Weg, wellenschlagend durch den Giudecca-Kanal, läßt es auch Häuser erbeben, die gar nicht am Ufer stehen, versendet es Wellen, die viel zu hoch hinauf die Mauern nässen.

Alle diese Fregatten und Barken, die Goldoni da zu Gesicht bekam, wurden zu armen Komparsen, wenn der Hauptdarsteller auf der Meeresfläche erschien – der Bucintoro. Goethes Vater war überwältigt vom Anblick des Bucintoro, und sicher hat er dem Sohn so viel und so beeindruckt von diesem Wunder erzählt, daß Goethe figlio mit einiger Herablassung schreiben kann:

»Um mit einem Worte den Begriff des Bukentaur auszusprechen, nenne ich ihn eine Prachtgaleere. Der ältere, von dem wir noch Abbildungen haben, rechtfertigt diese Benennung noch mehr als der gegenwärtige, der uns durch seinen Glanz über seinen Ursprung verblendet.«

Hier irrt Goethe. Der Bucintoro, den er gesehen hat, ist derselbe, den auch schon der Vater bewundert hat. Und die Bucintoro-Vorgänger waren keineswegs prunkvoller, im Gegenteil. Das achtzehnte Jahrhundert und die Abenddämmerung der Serenissima hatten sich in diesem schiffgewordenen Symbol ein großes Kunstwerk geschaffen …

Antonio Canal »Die Rialtobrücke von Süden«, 1724/25. Detail

Der Bucintoro

Die Feste zu Wasser – Gondola, Bissona, Bucintoro – Der letzte Bucintoro – Das Museo Storico Navale und das Arsenal – Die Marangoni

Die Regatta Storica, wie sie seit Jahrzehnten alljährlich ausgetragen wird, basiert auf weit älterer Tradition. Ihren Anfang hatten diese Wettkämpfe in sportlichen Vergnügungen junger Aristokraten gehabt, und als nun auch die einfachen Bewohner der Lagune jene Sportarten ausübten, übernahmen Venedigs Patrizier die Patronanz. Die Gondolieri, die für die Regatta trainierten, wurden von ihren Herren vom gewöhnlichen Dienst freigestellt, wurden verwöhnt, von ihrem Pfarrer gesegnet.

Giustina Renier-Michiel schreibt in ihrem Buch »Venezianische Feste«: »Die vornehmsten Familien der Aristokratie kamen in ihren Gondeln, für die sie in erlesenstem Geschmack ihren Reichtum aufgeboten hatten.« Diese Boote nahmen nicht teil am sportlichen Wettkampf, sie unterstützten aber jene Kämpfer, die in ihren Diensten standen. »Junge Patrizier in schnellen, schmalen, von guten Ruderern bewegten Booten eilten den Wettkämpfern voraus und sorgten für freien Weg, indem sie die Zuseher zwangen, dahin oder dorthin auszuweichen. Mit einer Armbrust in der Hand knieten sie am Bug ihrer Gondeln und beschossen jene Bootslenker mit Gipskügelchen, die sich ihren Befehlen zum Ausweichen widersetzt hatten ... Jeder Patrizier folgt unmittelbar dem Boot seines Gondoliere und feuert ihn durch Zurufe an, lobt seinen Namen, schmeichelt seinem Stolz, seinem Kampfgeist.« Giustina Renier-Michiel wußte, wovon sie sprach, denn wie ihre beiden Familiennamen zeigen, gehörte sie selbst dem kleinen Kreis der vornehmsten Patrizier der Serenissima an.

Große Regatten fanden nicht häufig statt – von der ersten im Jahre 1315 bis zu jener zu Ehren des österreichischen Marineoberkommandanten Erzherzog Ferdinand Maximilian im Jahre 1857 verzeichnet die Chronik nur 41 dieser großen Wettkämpfe.

Es gab bis zum Sturz der Republik im Jahre 1797 viele Feiertage, elf von ihnen hatten einen religiösen Anlaß, 14 einen staatlichen. Nur zwei dieser Feste wurden nach dem Katastrophenjahr weitergeführt, andere wurden mit Erfolg wiederbelebt. Neben der Regatta Storica sind das vor allem die Festa del Redentore, auch sie wird von einer Regatta begleitet, und die Festa della Madonna della Salute.

Der höchste Feiertag der Serenissima aber, der Festtag der Sensa, wird zwar auch heute begangen, aber er kann nicht wirklich wiederbelebt werden. Denn die Sensa symbolisierte die mystische Vermählung Venedigs mit dem Meer. Der Doge fungierte als Meeresbräutigam und brachte seiner Braut Jahr für Jahr einen Ring – aber wie kann ein Hochzeitsfest ohne Bräutigam stattfinden?

Von den Ausfahrten des Dogen vermag man sich keinen Begriff zu machen, auch wenn die Phantasie durch viele Bilder mit zahlreichen

Details unterstützt wird. Giustina Renier-Michiel schildert den Anblick der Palazzi:

»Ihre Fenster und Balkone waren mit Damastseide, orientalischen Stoffen, Samt und Wandteppichen verziert, deren glänzende Farben durch Borten und Fransen von Gold noch mehr belebt wurden. An den Brüstungen lehnten schöne, prächtig gekleidete Damen mit leuchtenden, funkelnden Edelsteinen im Haar. Wohin auch immer das Auge sah, überall traf es auf eine riesige Menschenmenge an den Türen, den Landeplätzen, und sogar auf den Dächern. Manche Zuschauer standen auf den Gerüsten, die an günstigen Stellen errichtet waren ...«

Zum Anblick der geschmückten Paläste am Canal Grande, der kleinen und großen Boote, der vielen tausend buntgekleideten Menschen muß man sich den akustischen Hintergrund denken. Immer wieder liest man in zeitgenössischen Beschreibungen solcher Prachtfeste, wie eindrucksvoll das Geräusch war, das tausende Ruder erzeugten, die zugleich in das Wasser schlugen.

Inmitten dieser Pracht, von schmetternder Musik begleitet, umgeben von den Großen seines Reichs, saß der Doge. Viele Gondeln umtanzten sein Schiff, zahlreiche prächtige Bissone und Sandoli. Die Bissona ist ein Boot für acht Ruderer, eine größere, schlanke, flachgebaute Gondel, die in ihrer Prunkausführung zu Ehren vornehmer Gäste eingesetzt wurde. Und der Sandolo ist ein kleines, im Stehen gerudertes, typisch venezianisches Wasserfahrzeug, mit Hilfe der Forcola von zwei Männern bewegt.

Inmitten dieser vielen verschiedenen Schiffe bewegte sich majestätisch der Bucintoro. Das große Schiff des Dogen machte sich einen Ruf an allen Fürstenhöfen Europas, und es machte Mode. Der König von England ließ sich eine Kopie bauen, August der Starke von Sachsen befuhr mit seiner Bucintoro-Version die Elbe, Erzherzog Ferdinand von Tirol mit der seinen den Achensee, der machtbewußte Maximilian von Bayern den Starnberger See.

Seit dem Mittelalter war das Prachtschiff Teil des ducalen Zeremoniells, der letzte Bucintoro wurde 1722 in Auftrag gegeben, sechs Jahre später hatte er seinen ersten Auftritt. Er war 35 Meter lang, 7 Meter breit und wurde von 168 Ruderern bewegt. Innen und außen war das Schiff aufs prächtigste geschmückt, und an der höchsten Stelle stand der goldene Thron des Dogen. Zu seinem Stapellauf wurden Gedenkmünzen geprägt, die das Ereignis zeigten, Sonette verherrlichten die Vollendung des Dogenschiffs.

Bei den Ausfahrten nahmen rund um diesen Thronsitz die Prokuratoren Platz, die Botschafter, die vornehmsten Mitglieder des Hofstaats. Sogar das Dach hatte das Auge zu erfreuen, und jeder Pfosten,

Antonio Canal »Das Bacino von San Marco von der Giudecca aus«, 1726

jeder Vorsprung war gestaltet, vergoldet, prachtvoll. Michele Stefano Conti hieß sein Schiffsbaumeister. Der allerletzte Bucintoro war über und über von Arbeiten des bedeutendsten Holzschnitzers seiner Zeit geschmückt, von Antonio Corradini.

Holz hat in Venedig immer eine große Rolle gespielt. Die Zimmerleute, die im Arsenal gearbeitet haben, standen in der Rangordnung der Handwerker an oberster Stelle, die Marangoni. Die älteste und kräftigste Glocke von San Marco trägt ihren Namen, die Marangona.

Auf der Kunst der Schiffbauer im Arsenal basierte die Seemacht. Und diesem Status entsprach auch das Selbstbewußtsein der Zimmerer. Sie hatten sogar ihren eigenen Feiertag. Er ging auf ein Ereignis des Jahres 944 zurück.

Jahrhundertelang hatte der alljährliche Heiratsmarkt von San Pietro in Castello zu zahlreichen Eheschließungen geführt. Weißgekleidete Mädchen erschienen, in Begleitung ihres Vaters, auf dem Platz vor der Kirche, und die jungen Männer der Lagune fanden sich ein. Nun wurde gesucht, geflirtet, und tatsächlich auch geheiratet. Im Jahre 944 kamen neben den Bräuten und den jungen Männern auch Piraten, aus Triest, sie raubten die Bräute vom Altar weg mitsamt ihrer Mitgift, die jede von ihnen in einer kleinen Schachtel bei sich trug. Die Triestiner hatten nicht lang Gelegenheit zur Freude an ihrem Erfolg, denn sie wurden natürlich von den Venezianern verfolgt. Und als nun die Piraten eingeholt waren, wurden die geraubten Mädchen zurückerobert und die Räuber bestraft. Dabei taten sich vor allem die Marangoni hervor.

Der Doge dieser Jahre, Pietro Orseolo II., belohnte die Zimmerleute, indem er sie nach einem besonderen Wunsch fragte. Den hatten die Marangoni – der Doge möge sie einmal im Jahr besuchen kommen. Das Wohngebiet der Zimmerer war die Gegend von Santa

Antonio Canal »Der Bucintoro«, 1729, Ausschnitt

Maria Formosa, zwischen dem Arsenal und San Marco gelegen. Der Doge hielt sein Versprechen, und die Marangoni dankten ihm in alljährlicher feierlicher Zeremonie. Sie schenkten ihm Wein und Brot und überreichten dazu einen vergoldeten Strohhut, Symbole für den Schutz vor dem Regen, vor Hunger und Durst. Solch ein Hut ist im Museo Correr zu sehen, im Kapitel »Der letzte Doge« ist davon die Rede.

Der Künstler Antonio Corradini war natürlich kein Marangon, aber auch sein Material war das Holz. Für den Bucintoro, der der letzte der Geschichte sein sollte, schuf er bedeutende Kunstwerke. Wie so oft, war auch hier eine Kunst einmal noch, vor ihrem Ende, zu höchster Vollendung gebracht worden. Im Museo Correr kann man einige der Arbeiten Corradinis bewundern. Der Saal Nr. 45 zeigt Darstellungen des Bucintoro und einige originale Reste.

Die Museen Venedigs sind der beste Führer in die aufregende, bunte, vielfältige stolze Vergangenheit der Serenissima. Der Spaziergang zum Arsenal läßt sich verbinden mit dem Besuch des Museo Storico Navale. Hier lernt man die Geschichte und Technik der Festungen, der venezianischen Häfen an der Adria, auf Rhodos, auf Zypern kennen. Und auch dieses Marinemuseum besitzt etliche erhaltene Teile des Dogenschiffes, vergoldete kleine Seepferdchen und Ornamente. Im Saal 17, der zur Gänze dem Bucintoro gewidmet ist, sieht man den Thron des Dogen. In seiner Lehne befindet sich eine kleine Lade, in welcher der Ring aufbewahrt wurde, den der Doge alljährlich bei der Sensa, bei Christi Himmelfahrt, ins Meer warf, seit Pietro Orseolo II. diese Tradition begründet hatte.

Hier ist auch das Modell des Bucintoro aus dem Jahre 1606 zu sehen, des vorletzten der Geschichte.

Dem letzten Bucintoro war der höchste Glanz eines Jahrhunderts zuteil geworden, als er im Abendrot der Serenissima umkam. Im Museo Storico Navale kann man sich noch ein Bild des einstigen Eindrucks verschaffen. Denn im Jahre 1828 wurde im Auftrag des österreichischen Marinekommandanten ein großes Modell des letzten Bucintoro angefertigt, das bis ins Detail dem Original entspricht.

Dieses Original gab es schon längst nicht mehr. Bei der Einnahme von Venedig durch Napoleons Armee ist vieles verloren gegangen. Das Arsenal, Symbol der Seemacht, berühmte Werft, wurde zum Ziel des Wütens. Schiffe, Materialien, Bauunterlagen wurden zerstört, und ebenso die große Sammlung von Schiffsmodellen, die lückenlos die Geschichte von 1000 Jahren venezianischer Schiffsbautradition beschrieben hatte.

Und das Staatssymbol schlechthin, das Hochzeitsschiff der Serenissima, wurde von der französischen Besatzung auf die Insel von San Giorgio geschleppt. Dort plünderte man, was zu plündern war, vor allem die vergoldeten Teile. Der geschändete Rumpf blieb im Wasser liegen, er wartete auf eine neue Aufgabe. Um die alte Republik noch mehr zu demütigen, wurde dieser Bucintoro-Rest zum schwimmenden Gefängnis umgewandelt.

Damals, als es dem Bucintoro, dem Dogen und der Serenissima so schlecht gegangen ist, da hätte Venedig einen Helden gebraucht. Aber der letzte, dem man diesen Ehrentitel zugestanden hatte, war schon gestorben: Angelo Emo. Im Museo Navale erinnern gleich zwei Denkmäler an ihn, eines von Antonio Canova im Parterre, ein zweites in den oberen Stockwerken. Goethe hat Angelo Emos Ruhm als Zeitgenosse erlebt, hat ihn aber nicht als historisches Detail begriffen, in der »Italienischen Reise« erzählt er:

»In den Lagunen selbst liegen Galeeren und Fregatten, die zum Ritter Emo stoßen sollten, der den Algierern den Krieg macht, die aber wegen ungünstiger Winde liegen bleiben.«

Goethe ist beeindruckt. Es ist typisch für Binnenlandbewohner, daß sie begeistert sind, werden sie der hohen See ansichtig, und manches Binnenland wird so zum Nährboden maritimen Nachwuchses.

Das Museo Storico Navale macht begreiflich, welche bedeutende Rolle die große Werft, das Arsenal, in Venedigs Geschichte gespielt hat. Die Besucher finden in diesen Stockwerken einen Querschnitt durch die Jahrhunderte, einen Überblick über die Schiffstypen. Auch Ziviles, wie die Gondola, wird man hier besser zu verstehen lernen.

Gewiß, auch in der Ca'Rezzonico kann man eine Gondel in der alten Form sehen, die Richard Wagner so sehr irritiert hat, und ebenso im Parterre des Dogenpalastes. Aber die Bauweise der verschiedenen Schiffe, die Entwicklung der Gondelform, die private Gondel der Peggy Guggenheim, und vor allem das Schiff der Schiffe, den Bucintoro, all das und vieles mehr gibt es hier zu erfahren, besser als an jedem anderen Ort der Serenissima des 21. Jahrhunderts.

Der letzte Doge

Niemand bemüht sich um ein Amt – Das Goldene Buch – Glänzende Feste – Das Ultimatum – Der Doge resigniert – Das Volk will nicht aufgeben – Das Ende – Der Doge stirbt

Gilt im deutschen Sprach- und Kulturraum die Zahl 13 als Inbegriff des Unglücksbringers, so ist sie in Italien der Inbegriff von Fortuna.

Hingegen ist die Zahl 7 eine Katastrophe, die freilich in Köln oder Wien oder München niemand wahrnähme.

Für die Serenissima wiederum ist alles, was mit 97 zu tun hat, bedrohlich. Es war ein einziges Mal in der Geschichte, dass diese Zahl der Königin der Adria Glück gebracht hat, oder zumindest nicht Unglück:

697 sollen die Lagunenbewohner den ersten Dogen gewählt haben, wie der Chronist Andrea Dandolo berichtete. Da er sowohl Chronist als auch Doge war, hat man ihm nicht widersprochen, zu seiner Zeit jedenfalls.

1297 hat man den Großen Rat geschlossen, das Bürgertum war – Republik hin, Republik her – ab sofort im Abseits. Das hat der Serenissima später manche Verlegenheit bereitet.

1497 ist Vasco da Gama zu jener großen Reise aufgebrochen, die zu einer veritablen venezianischen Wirtschaftskrise geführt hat, zum Beginn des Niedergangs.

1797 hat Napoleon der Serenissima Repubblica das Ende bereitet. Ein Venezianer sollte im Kleinen Lotto nicht auf 97 setzen.

In den letzten Jahren der Adelsrepublik war es so weit gekommen, daß niemand mehr ein öffentliches Amt bekleiden wollte – und das fiel selbst im Straßenbild auf. Denn ein Amt bekleiden, das hieß in Venedig sich mit dem Amt bekleiden, erkennbar sein an der roten Toga des Senators, der weißen Perücke, dem scharlachroten Mantel. Den Ehrgeiz, den Stolz, der Serenissima zu dienen, und das auch zu zeigen, gibt es nicht mehr. Kaum hat der Würdenträger den Palazzo Ducale verlassen, kleidet er sich um, noch auf der Piazzetta, der Straße, in der Gondel. Nur schnell wieder in das private Kleid, lieber noch in Mantel und Bautta und unter die Karnevalsmaske ... Es wird schwierig, genügend Stimmen für verfassungsgemäße Abstimmungen zusammenzubekommen.

1200 Mitglieder sollte der Große Rat haben, so war das Gesetz. Aber diese 1200 ließen sich nicht mehr finden, und so wurde die Zahl immer wieder gesenkt. Im späten 18. Jahrhundert umfaßte der Große Rat nur mehr 800 Mitglieder, um 1790 nur mehr 600. Und bei seiner allerletzten Sitzung, am tragischen 12. Mai 1797, saßen 537 Stimmberechtigte vor dem hilf- und sprachlosen Dogen, der ja selbst wie ein Symbol dieses Niedergangs wirkte, kaum Ursache, höchstens Werkzeug, sicher aber Symptom des Endes war.

Lodovico Manin entstammte einer der reichsten Familien Venedigs. Er hatte innerhalb weniger Jahre die Karriereleiter durcheilt –

aber mit diesem Erfolg, der Wahl zum Dogen, hatte er wohl nicht gerechnet. Vielleicht hatte Lodovico Manin in den Jahren seiner Vorzugsschülerlaufbahn auch zu viel von den Hintergründen erfahren, als daß er noch unbefangen oder gar stolz hätte sein können.

1789 war er gewählt worden. Als man ihm die Nachricht überbrachte, er sei der neue Doge, und ihm huldigen wollte, da begann Lodovico Manin zu weinen, und dann fiel er in Ohnmacht. In seinen Lebenserinnerungen schreibt er: »Mich erfaßte bei dieser Wahl ein derartiges Angstgefühl, daß ich kaum wußte, was ich tat.«

Nun war Lodovico Manin – man muß immer auch seinen Vornamen nennen, soll es keine Verwechslung geben, dazu später – zum Zeitpunkt seiner Wahl ins höchste Amt der Serenissima kein Jüngling mehr. Aber man hatte ihn nicht darauf vorbereitet. So saß er nun auf dem Thron des Enrico Dandolo, des Francesco Morosini, ein klassischer Fall von Überforderung mit zwangsläufigem Überangebot an Streß.

Im Goldenen Buch von Venedig mußte man eingetragen sein, nur dieser Adel zählte. Eine falsche Entscheidung, eine einzige unebenbürtige Eheschließung – und die Familie wurde aus dem Goldenen Buch gestrichen. Wer versuchte, sich die Eintragung zu erschleichen, war ohne Chance. Der venezianische Adel hatte sich im Laufe von 1000 Jahren eingeigelt, hatte rund um seinen großen Kreis zeremonielle Wälle und Gräben errichtet, und niemand vermochte dieses Bollwerk ohne Berechtigung zu überwinden.

Aber nunmehr, im späten 18. Jahrhundert, hatten sich die Werte gewandelt, und wer genügend Kapital aufzuwenden vermochte, fand sich im Goldenen Buch. »Der Adel wird um hunderttausend Dukaten verkauft«, schreibt Montesqieu schon 1580 in seinen »Voyages«, den Reiseberichten. Am 19. März 1775 beschließt der Große Rat, auf verzweifelter Suche nach Mitgliedern, 40 Familien den Zugang zur zweithöchsten Würde der Serenissima zu gewähren. Wer in das Goldene Buch eingetragen und damit ducabel werden möchte, hat eine Rente von 10 000 Dukaten nachzuweisen und wird als Patrizier anerkannt. Es melden sich nicht 40 Familien – nur acht sind es, die um die Rangerhöhung einkommen.

In diesen Jahren hätte die Stadt einen Herakles gebraucht, den venezianischen Augiasstall auszumisten, aber diesen Herakles gab es nicht, und Manin war es eben gewiß nicht. Er war kultiviert und konziliant, wo er rücksichtslos und energisch hätte sein müssen.

Und so wenig er von seiner Wahl erbaut war, so sehr nahm er sie zum Anlaß für ein Fest. In anderer Zeit, bei einer allgemeinen Bereitschaft, das höchste Amt zu übernehmen, der Serenissima zu dienen, hätte wohl ein stiller, dem Leben im Vordergrund abgeneigter Mann wie Lodovico Manin seinen Platz gefunden, als einer von den Zehn, als einer der 1200. Doch nun, da es schon lange nicht mehr um Macht und große Politik ging, da der Fatalismus seinen Fuß in die Türe zur Zukunft gesetzt hatte, war dem gebildeten Venezianer aus erster Familie mit Recht bang. Doch da war nichts zu machen – man war gewählt und war also der Doge und jetzt hieß es zu reagieren, zu regieren. Erste Reaktion: laut sein, im Wald vor lauter Angst zu singen beginnen, ein unwahrscheinliches Freudenfest veranstalten.

Die Feierlichkeiten rund um seinen Amtsantritt waren von einem selbst für diese prunkverliebte Zeit spektakulären Aufwand. Die Rechnungen sehen Posten in gewaltiger Höhe vor für Kerzen, Zuckerln, Tabak, Schnupftabak, Schnupftabakdosen, Kämme, Zahnstocher, Kartenspiele, für Goldstaub und andere Schminkmittel wie Rosen- oder Lavendelessenz, für Rosenkränze, Schlafmützen und Trinkgelder, und solche Positionen in der Aufstellung der Gesamtkosten der Inthronisation des Dogen waren ja nur Nebenkosten. Der

Aufwand des Beginns dieser letzten Amtszeit stand in keiner auch nur irgendwie begreiflichen Relation zu ihrem Ende.

Die Krönungsfeierlichkeiten für den Dogen Carlo Ruzzini hatten 1732 sehr viel Geld verschlungen. Die Feste für Lodovico Manin kosten das Sechsfache, 57 Jahre später. 5000 Familien öffnen Abend für Abend ihre Salons und erwarten ihre Gäste. Noch acht Jahre, dann kommt das Ende, und die Stadt des heiligen Markus erlebt den prunkvollsten, glanzvollsten, exzessivsten Carneval seit vielen Jahrzehnten, niemand konnte sich an dergleichen erinnern.

In jenem Jahr 1797, da die Adelsrepublik so dringend wie nichts anderes eine schlagkräftige Armee, eine der Tradition entsprechende Marine gebraucht hätte, findet sich zwar kein Verteidiger, doch es gibt in der Schule der Perückenmacher 852 Lehrlinge. Während diese Perückenmacher in ihrem Zeughaus alles finden können, das auf der Höhe der Zeit, dem Zenit der Haarknüpfkunst, von Wert und vonnöten war, sehen sich die Matrosen und die Marinesoldaten im berühmten Arsenal einem musealen Angebot gegenüber.

50 Jahre zuvor hatte dieses Arsenal den Kavaliersreisenden Johann Caspar Goethe tief beeindruckt, nun ist es zur Rumpelkammer geworden. Johann Wolfgangs Vater erinnert sich an diesen Februar 1740:

»...Wir wurden in Säle geführt, die mit Waffen aller Art angefüllt sind, vor allem mit Büchsen für ein Heer mit 80 000 Mann ...« Er sieht, wie Galeerenruder geschmiedet und Kanonen gegossen werden, bewundert Galeeren von 160 Fuß Länge. Und er steht vor dem Bucintoro, Wunder aller Wunder, »... das prachtvolle und berühmte Schiff, ... das Bucentaurus heißt und sicher auf der ganzen Welt nicht seinesgleichen findet.«

Von alldem ist im Jahr der Wahl des Dogen Lodovico Manin kaum etwas zu finden – außer jenem Bucentaurus, dem Vorbild für alle

Antonio Canal »Das Bacino von San Marco von der Piazzetta aus«, 1726. Detail

Prunkschiffe vom Achensee bis zum Starnberger See, von Dresden bis Paris.

Neun Jahre später gab es keinen Anlaß zu einem Fest. Das Ultimatum Napoleons bedrohte das Reich des Löwen von San Marco. Wortkarg, in Erwartung des drohenden Angriffs der Franzosen, meldete Lodovico Manin dem Senat: »Heute Nacht werden wir nicht einmal in unseren Betten sicher sein.« Und ging nach Hause.

Wenige Tage trennten die Serenissima von ihrem wichtigsten Fest, von der bedeutendsten Zeremonie, der Sensa. Zwei Wochen später hätte sie stattgefunden, der Doge hätte sich wie in den letzten 800 Jahren seit der Regierung des Pietro Orseolo symbolisch mit dem Meer vermählt. Ein Ring, vom Dogen auf zeremonieller Fahrt ins Wasser geworfen, am Tage von Christi Himmelfahrt, diente als Symbol dieser Ehe zwischen der Serenissima und dem Meer – aber 1797 kam es zur Scheidung.

Knapp vor der traditionellen Zeremonie stand Napoleon am Rande der Lagune und zerbrach mit seiner proletarischen Kraft die aristokratische Inselrepublik. Die Sala del Maggior Consiglio hatte schon vieles erlebt – die nun folgende Demütigung war eine neue und zugleich ihre letzte Erfahrung. Ab dem ominösen 12. Mai war sie nur mehr ein Sitzungssaal für einen Provinzstadtrat, Ziel touristischer Unternehmungen, allenfalls Menetekel grandioser Vergangenheit …

Am 1. und am 4. Mai wurde noch diskutiert, dann ging es zu Ende. Ippolito Nievo erzählt: »Der Doge erhob sich blaß und bebend vor dem Großen Rat, dem er einen feigen Entschluß vorzuschlagen wagte, der nicht seinesgleichen kannte … Für ein nicht einmal halb so großes Verbrechen war Marino Falier auf dem Schafott gestorben. Manin fuhr fort unter Stottern und Stammeln, er entehrte sich selbst, den Großen Rat und sein Vaterland, und dennoch erhob sich keine Hand, ihm den Mantel des Dogen zu entreißen und seinen Schädel auf dem steinernen Fußboden zu zerschmettern, den Abgesandte von Königen und Päpsten nur auf den Knien kennengelernt hatten …«

Freilich, auf dem Platz vor dem Saal, vor dem Palast, tobte die Volksmasse, empörte sich und zeigte ihre Empörung und schoß in die Luft. Und dem 28-jährigen General Bonaparte eilte ein Ruf voraus, dem ein älterer Herr aus alter vornehmer Familie höchstens eine Art wissenschaftlichen Verständnisses entgegenbringen konnte … Aber wie spricht man mit so jemandem?

Es ist zu spät. Der Carneval als Klimax fordert seine Entsprechung – die Fallhöhe ist erreicht. Vorbei ist es mit der Freiheit in der Definition der alten Serenissima: »Die Macht zu tun, was man tun soll.«

Schnell spricht sich im Volk herum, was im Großen Rat geschehen ist, schnell wird aus den Drohgebärden auf der Piazza der echte Beginn eines Aufstands gegen die tatenlose Herrschaft, gegen die kampflose Kapitulation.

Die Arsenalarbeiter, die Seeleute und die schiavoni, die Soldaten aus Dalmatien, dem slawischen Teil des Veneto, haben mehr Gefühl für die Ehre San Marcos: Sie nehmen die Entscheidung nicht ohne Widerspruch hin. Jetzt ziehen sie zu den Häusern jener Volksvertreter, die sich den Franzosen zu ergeben bereit sind, die sich ihnen in die Arme werfen statt ihnen in den Arm zu fallen. Es wird geplündert und zerstört und gedroht – und letztlich hilflos gezetert, denn was sollen sie denn ausrichten gegen eine siegreiche Armee? Zumal das Volk und seine scheidende Obrigkeit nicht eins sind, denn die Exekutive, die Garde zur Wahrung der inneren Ordnung, schießt nicht auf die Franzosen, sondern auf die Venezianer! Ihr Kommandeur, Bernardino Renier, läßt seine Kanonen vom Rialto aus auf die Menge feuern.

Er werde der Serenissima »ein zweiter Attila« sein, hatte der junge korsische General gedroht. Vor diesem Satz und angesichts einer erfolgreichen, entschlossenen Armee, die in einem Siegeseilzug schon etliche erfolgreiche Schlachten hinter und ein gewaltiges Selbstbewußtsein mit sich hat, sind die trotzigen Rufe »Viva San Marco!« bald verstummt. Venedig stirbt.

Wie konnte es so weit kommen? Die verweichlichten und nur mehr auf ihr eigenes Wohl bedachten Politiker, der korrupte Staatsapparat, alle klassischen Symptome der Degeneration wären ja Erklärung genug. Diese Symptome zeigen sich nicht zum ersten Mal

Pietro Longhi (1702 Venedig – 1785 Venedig) »Patrizierfamilie«, o. D.

und nicht zum letzten Mal in der Geschichte – so ähnlich war es in Rom, als die Germanen kamen, war es in Griechenland, als die Römer kamen.

Der Doge legte seine Insignien ab, empfahl den Procuratoren von San Marco, ebenso zu handeln, und verließ den Dogenpalast, während Napoleons Soldaten in die Barken steigen. In der Nacht vom 14. auf den 15. Mai kommen die Franzosen, als erstes fremdes Heer nach 1100 Jahren. Das 5. und das 63. Linienregiment werden auf 40 Schaluppen von Mestre aus durch die Lagune gebracht – die Inseln besetzt, die größeren Plätze, das Arsenal, die Festung Alberoni, der Rialto. 3231 Mann in fremden, zum Teil in zerschlissenen Uniformen sind bei Sonnenaufgang über die ganze Stadt verteilt, ihr Kommandant ist der General Baraguay d'Hilliers.

Wie muß sich ein älterer Venezianer an diesem Morgen gefühlt haben, der seinen gewohnten Morgenspaziergang macht, eine Tasse Kaffee zum Frühstück nimmt und sich plötzlich vor triumphierenden fremden Soldaten sieht, die ihre Freude laut und lärmend ausdrücken …

Das Ende der Republik von Venedig werde auf immer mit seinem Namen verbunden sein, das war Lodovico Manins große Angst – und sie hat sich bestätigt. Die Dogen dieses letzten Jahrhunderts der freien Republik Venedig hatten keinen Sinn mehr für Reformen, keine Kraft zur Erneuerung. Und der letzte in ihrer Reihe mußte für die Fehler der Vorgänger ebenso büßen wie für die eigenen. Doch sein Rücktritt sollte nicht die letzte Demütigung bleiben.

Wenige Monate nach diesem Rücktritt kam es am 17. Oktober 1797 zum Friedensvertrag von Campoformio. Unterzeichnet wurde dieses Vertragswerk in Manins prachtvollem Landschloß in Passariano, der Villa Manin. So ist also auch noch das Abkommen, das Venedigs Ende besiegelte, mit dem Namen des letzten Dogen verbunden. An das Gute, das in seiner Lebensgeschichte einen durchaus breiten Platz einnimmt, denkt man heute kaum, dachte man schon damals nicht mehr. Er blieb der Totengräber des Glanzes und der Souveränität Venedigs, und wenn Lodovico Manin in den letzten Jahren seines Lebens sein Haus verließ, um an der Peripherie spazierenzugehen, wurde er immer wieder attackiert und nicht nur mit Worten.

Am 24. Oktober 1802 ist er gestorben. Sein großes Vermögen widmete er testamentarisch den Waisen und den Geisteskranken. Die heutigen Historiker gehen vorsichtig um mit ihm. Ein Zeitzeuge, Johann Wolfgang Goethe, liefert, sieben Jahre vor der Katastrophe, ein Bild des letzten Dogen, das Sympathien zeigt und sie zu wecken vermag: »Der Doge ist ein gar schön gewachsener und schön gebildeter Mann, der krank sein mag, sich aber nur noch so, um der Würde willen, unter dem schweren Rocke gerade hält. Sonst sieht er aus wie der Großpapa des ganzen Geschlechts und ist gar hold und leutselig; die Kleidung steht sehr gut, das Käppchen unter der Mütze beleidigt nicht, indem es, ganz fein und durchsichtig, auf dem weißesten klarsten Haar von der Welt ruht.«

Man hat das Gefühl, man komme einem Menschen der Vergangenheit näher, wenn man einen Gegenstand, wenn möglich einen sehr persönlichen, seines Gebrauchs, seines Alltags betrachtet. Im Museo Correr erinnert solch ein Gegenstand an den letzten Dogen. Da liegt ein Strohhut, wie man ihn dem Dogen alljährlich in feierlichem Ritual überreicht hat, in der Kirche von Santa Maria Formosa.

Diesen hier hat Lodovico Manin am traditionellen Festtag in Empfang genommen – es wird einer seiner letzten frohen Tage gewesen sein.

Venedig starb in Leoben

Der Zwischenfall von Quieto – Das Ultimatum Napoleons – Erfolglose Verhandlungen – Der Vorfriede von Leoben, der Friedensvertrag von Campoformio

Wie konnte es soweit kommen? Warum mußte die Königin der Adria von der Landkarte verschwinden?

Vor allem – ihre Zeit war abgelaufen. Von der einstigen Stärke war nur der äußere Schein verblieben, und daß auch nicht eine einzige Galeere zum Widerstand aus dem Hafen gesandt worden war, spricht für den schlimmen Zustand der Serenissima in ihrem letzten Jahr. Dabei war der unmittelbare Anlaß der napoleonischen Bedrohung ein militärischer Zwischenfall gewesen, in dem die Flotte von San Marco noch einmal Mut bewiesen hatte und erfolgreich geblieben war.

Die kleine österreichische Marine lag im Hafen von Triest. Kaiser Josef II. hatte 1786 einen Plan zur Begründung einer österreichischen Kriegsmarine ausarbeiten lassen, ihr Operationsbereich sollte ausschließlich die Adria sein. Eine neue Flagge – rotweißrot, mit dem Wappen und dem österreichischen Erzherzogshut – wurde angeordnet, sie sollte bestehen bis zum Ende von Marine und Reich im Jahre 1918. Einige Handelsschiffe wurden mit Kanonen ausgestattet, in Ostende erwarb man zwei Kriegskutter mit je 20 Kanonen und einige wenige Kanonenboote wurden gebaut. Die neugeschaffene kleine Flotte wurde der Hafenverwaltung von Triest unterstellt und bekam die offizielle Bezeichnung »Triester Marine«.

Sie war ohne ernsthafte militärische Bedeutung, diente der Begleitung von Handelsschiffen und oblag dieser Tätigkeit mit wenig Zuversicht. Als die französische Armee siegreich durch Norditalien zog, begann man im österreichischen Triest um die Flotte zu fürchten. Die Schiffe sollten in einen anderen Hafen gebracht werden, nach Porto Re, im Süden von Fiume.

Wer diese Orte auf einer heutigen Landkarte sucht, findet sie unter ihren kroatischen Namen: Fiume heißt nun Rijeka, Porto Re heißt Kraljevica.

Um das Ziel zu erreichen, mußte die kleine Flotte die ganze Halbinsel Istrien umfahren. Sie blieb stets in Küstennähe, doch schon bei Quieto, noch an Istriens Westküste, trafen die Österreicher auf französische Schiffe. Sie zogen die Flucht in den neutralen Hafen vor, der Venedig gehörte, aber die Franzosen scherten sich nicht um diese Neutralität. Sie begannen, die österreichischen Schiffe zu beschießen, diese erwiderten, und sie wurden dabei von dem venezianischen Linienschiff »Eolo« unterstützt.

Der französische Flottenverband drehte ab, beendete die Verletzung der Neutralität der Republik Venedig – und Frankreich stellte der Serenissima ein Ultimatum. General Bonaparte verlangte die Bestrafung des Kommandanten der »Eolo« – von den eigenen Vergehen gegen die Neutralität war nicht die Rede.

Der Zwischenfall von Quieto hatte eine nicht unerwartete Reaktion ausgelöst. Venedigs Terra ferma war zu diesem Zeitpunkt zum großen Teil schon in der Hand der Franzosen. Napoleon meinte sich im sicheren Besitz des eroberten Territoriums, da begann der Widerstand von neuem, zuerst auf dem Land, dann erhob sich auch Verona. Und der Doge, befürchtete Napoleon, könnte ein Bündnis mit Österreich planen.

In der kleinen steirischen Stadt Judenburg diktierte Napoleon den Text des Ultimatums, das sein Adjutant Junot am 15. April, am Karsamstag, überbrachte. Der hohe Feiertag ist immer ein Tag der Ruhe, des politischen Friedens gewesen, des kirchlichen Fests. Nun wird das Kollegium einberufen, der Franzose setzt sich neben den Dogen, auf den Platz, der dem päpstlichen Nuntius zusteht, und gibt das Ultimatum bekannt. Während die hilflosen Senatoren ihrem künftigen Herren gegenübersitzen, bricht schon in Verona die Erhebung gegen die Franzosen los.

Jetzt wäre der Zeitpunkt gewesen, zu handeln. In diesen Tagen hätte die Serenissima noch einmal Stärke zeigen können. Sie besaß immerhin noch ihre Flotte, 15 Fregatten, 25 Linienschiffe, Kanonenboote, Galeeren. Aber es fehlte an modernen Waffen und vor allem fehlte ein venezianischer Napoleon.

Die Republik handelt nicht, sie verhandelt. Zehn Tage später stehen die Abgesandten in Graz vor Napoleon. Er läßt sie kaum zu Wort kommen, wirft ihnen die Existenz der Inquisition vor, der Bleikammern, stößt die berühmte Drohung aus, er werde für Venedig ein zweiter Attila sein. Als wieder fünf Tage später, am 30. April, eine neue Abordnung weiterverhandeln will, empfängt Napoleon sie nicht mehr. Am nächsten Tag, am 1. Mai, erklärt er der Republik den Krieg, die venezianische Festung Palmanova hat er schon besetzt.

Vom Rücktritt des Dogen, der Abdankung des Großen Rates war schon die Rede. Nun lag eine französische Besatzung in der Stadt, das Gros der Armee befand sich weiter nördlich. Die österreichischen Truppen unter dem Kommando von Erzherzog Carl hatten den Vormarsch aufhalten können, Napoleons militärische Lage war nicht mehr sicher. In Judenburg und später in Leoben wurde verhandelt.

Nun planen die Franzosen den Einmarsch im nicht mehr weit entfernten Wien. Aber sie bluffen, denn die Nachschubprobleme, die Ermüdung der Soldaten, die zuletzt sehr verlustreichen Gefechte, das Schrumpfen der kämpfenden Truppe durch die verschiedenen Besatzungskontingente, machen einen Weitermarsch unmöglich. Alleine die Kämpfe der letzten Tage, am Tagliamento, bei Tarvis, Friesach, Unzmarkt und Judenburg hatten die französische Armee 10 000 Mann gekostet.

Die Franzosen besetzen das kleine Leoben und seine Nachbargemeinden und machen den Steirern das Leben schwer. Vor allem die Division des berüchtigten Generals Massena hat Erfahrung, wie man das macht. In kürzester Zeit müssen die Leobner 25 000 Laib Brot, 50 Säcke Reis, 30 Wagen Heu, 100 Säcke Hafer, 60 Ochsen, 110 Wagen und viele Fässer Wein liefern.

Nun wird um den Frieden verhandelt. Im Gartenhaus des Joseph Egger von Eggenwald kommen die Delegationen zusammen. Am 15. April – zur selben Zeit sitzt Junot im Dogenpalast und quält die Senatoren – beginnen die Gespräche. Sie sind kompliziert und werden hartnäckig geführt, schließlich geht es um sehr viel, für beide Seiten. Endlich, in den Morgenstunden des 18. April, sind sie abgeschlossen.

Der Vorfriede von Leoben hat die Landkarte verändert. Napoleon hat in einigen Punkten nachgegeben, das Ergebnis sieht für die Österreicher nicht so schlimm aus wie erwartet. Österreich verzichtet auf Belgien, auf die Lombardei, bekommt dafür einen Teil der

Das Arsenal – Machtzentrum und Werft. Fotograf unbekannt. Foto ca. 1850

Terra ferma von Venedig, auch Istrien und Dalmatien, das sogenannte Küstenland – und Venedig, aber das müssen die Franzosen erst einnehmen.

Im Herbst desselben Jahres folgt dem Vorfrieden von Leoben der Friede von Campoformio. Mit den Unterschriften vom 17. Oktober 1797 hat die Freie Republik Venedig endgültig aufgehört zu bestehen.

Wer sich den traurigen Ereignissen heute nahe fühlen will, kann das sowohl in Leoben als auch in Campoformio. Das Eggenwaldsche Gartenhaus existiert noch, es ist umgewandelt in ein Kaffeehaus mit einem kleinen Schauraum. Und vor dem Haus steht das Denkmal, das Baron Eggenwald ein Jahr später aufstellen ließ.

In Campoformio – heute heißt der kleine Ort bei Udine Campoformido – steht das Gasthaus, in dem verhandelt wurde. In der Villa Manin – auch sie kann man besichtigen – im nahen Passariano, hat die Demütigung der Serenissima ihren Höhepunkt gefunden.

Dem Patrizier Manin war das Dogenamt zum Alptraum geworden. Ein Namensvetter hat ihn 50 Jahre später gerächt und hat dem Namen in der Geschichte Venedigs zu neuem Glanz verholfen.

Daniele Manin, der »allerletzte Doge«

Manins Herkunft – Revolutionsvorbereitungen – Der Kampf – Die Republik von San Marco – Die Mitstreiter – Das Ende

Er war nicht Doge – er konnte es nicht sein. Als er zur Welt kam, war der letzte Doge schon zwei Jahre tot, und das Amt existierte nicht mehr. Selbst wenn Venedig noch einen Dogen gehabt hätte, Daniele Manin wäre es niemals geworden. Sein Namen stand zwar im Goldenen Buch – doch damit war nicht seine Familie gemeint. Im Goldenen Buch war der Name der Familie Lodovico Manins zu lesen, nicht jener der Familie Daniele Manins. Sie war eingewandert, hatte anders geheißen. Die Großeltern, Juden, hatten sich 1759 taufen lassen, und der Großvater bekam nun den Namen seines Taufpaten, das war Tradition. Dieser Taufpate hieß Lodovico Manin, er war ein Verwandter des späteren Dogen gleichen Namens. Auf diese Weise kam es zu einer aus heutiger Sicht geradezu mystischen Verbindung zwischen diesen beiden Manins der altgewordenen Serenissima, einer Verbindung, die ihre politischen Folgen hatte.

Daniele Manin ist in Venedig zur Welt gekommen, am 13. Mai 1804 im Sestiere San Polo 2313, Ramo Astori. Später wohnte er im Sestiere San Marco, das Haus steht zwischen dem Ponte de la Cortesia und dem Ponte San Paternian. Und sein Denkmal steht auf dem Platz, der auch seinen Namen trägt.

Er wurde Advokat, er machte sich einen Namen. Seine antiösterreichische Haltung war allgemein bekannt, er machte kein Geheimnis aus ihr. Manin organisierte geheime Diskussionen, traf Vorbereitungen, bereitete den Boden für den Tag X.

In einem Kaffeehaus am Campo S. Margherita erinnert man noch heute an einen Besuch Manins an einem späten Abend des Jahres 1846. Einige andere Herren trafen ein, einer bewachte den Platz. Heimlich, sehr leise und sehr aufgeregt wurde verhandelt. Plötzlich, kurz vor Mitternacht, stürzte der Bewacher des Campo ins Kaffee, alles erhob sich in großer Eile, man ging nach verschiedenen Richtungen auseinander.

Das schöne alte Kaffeehaus trug damals den Namen des Campo, Café Margherita, nach 1866 nannte es sich »Zur Einheit Italiens«, denn es war sich seiner historischen Rolle bewußt, auch wenn sie nur wenige Stunden währte. Wer heute hierher kommt, kann sich, neben dem üblichen und guten Angebot solch einer venezianischen Bottega del Café, an einem Steinboden erfreuen, der gewiß schon zu Manins Zeiten beschritten wurde.

Wenn man, um schöne Ziele zu nennen, von der Ca'Rezzonico kommt und via Campo S. Margherita in Richtung Frari geht, findet man das Kaffeehaus am oberen Ende des Platzes links. 1847 gehört Manin zu den Organisatoren und Referenten einer Versammlung von 800 Wissenschaftlern aus allen Teilen des Landes. Zwischen den

Zeilen der wissenschaftlichen Referate sind die Zeichen der nahenden Revolution zu erkennen.

Im Winter 1847/48 werden die Zeichen deutlicher. Manin legt dem österreichischen Gouverneur Graf Pálffy eine lange Reihe von Forderungen auf den Tisch: eine von Wien unabhängige, nur dem Kaiser verantwortliche Regierung, ein eigenes Heer, die Gleichstellung der Juden, Senkung oder Abschaffung verschiedener Steuern und anderes.

Für Kompromisse mit den Österreichern war Manin nicht zu haben, da konnten die neuen Herren noch so viele provenezianische Zeichen setzen. Er mochte sie nicht und Schluß, und das tat er auch kund mit Sätzen wie: »Wir verlangen von Österreich nicht, daß es menschlich und liberal sei, sondern, daß es aus Italien verschwinde.«

Der Gouverneur beantwortet Manins Forderungen, indem er ihn einsperren läßt. Mit ihm wird sein Mitstreiter Niccolò Tommaseo, ein in Sebenico, in Dalmatien geborener Schriftsteller, in den Arrest gebracht. Der Untersuchungsrichter möchte, dem österreichischen Gesetz folgend, die beiden Verschwörer nicht vor Gericht stellen, er findet keine Gründe dafür. Der Polizeichef ist für Einsperren, der Vizekönig Erzherzog Rainer für Abschieben.

Durch halb Europa lief in diesem Jahr die Revolution, von Berlin bis Paris, von Wien bis Dresden, von Budapest bis Venedig. Der venezianische Historiker Alvise Zorzi schreibt:

»Es sind die Jahre, in denen das nach dem Sturz der napoleonischen Aera mühevoll geschaffene, und – dank der umsichtigen Politik Metternichs – ebenso mühsam aufrechterhaltene Gleichgewicht ganz und gar zusammenbrechen wird.«

Am 13. März bricht in Wien die Revolution aus, zwei Tage später flüchtet der legendäre »Wagenlenker Europas«, der österreichische Staatskanzler Fürst Metternich, aus der Hauptstadt.

Am 17. März erhebt sich das Volk und fordert die Freilassung von Manin und Tommaseo. Als die Österreicher der Forderung nicht gleich nachkommen, beginnt der wirkliche Aufstand. Die Menge stürmt das Gefängnis, der Gouverneur bewilligt endlich die Enthaftung und im Triumph werden Manin und Tommaseo zur Piazza geleitet. Dort kommt es am Nachmittag zu einer für die österreichischen Soldaten, vor allem kroatische Infanteristen, bedrohlichen Situation. Mit aufgesetztem Bajonett wehren sich die nervös gewordenen, der italienischen Sprache nicht mächtigen Kroaten gegen die anwachsende Menge – es gibt Verletzte. Die empörte Masse stürmt das Kaffeehaus der Österreicher, das Café Quadri, und zerstört die Einrichtung.

Am nächsten Tag kommt es abermals zum Kampf auf der Piazza – das Volk wirft Pflastersteine, die Soldaten schießen, es gibt acht Tote. Manin hatte eine Bürgerwehr gefordert, sie wird aufgestellt, doch schon beginnt der Zwist innerhalb der venezianischen Revolutionäre. Die eine Gruppe will unter allen Umständen Gewalt vermeiden, die andere will kämpfen.

Am 22. März wird das Arsenal gestürmt, der Kommandant ermordet, Offiziere, die sich zur Wehr setzen, werden gefangengenommen. Die vielen Soldaten italienischer Abkunft, die im Arsenal ihren Dienst tun, wechseln die Seiten. Einen Tag später wird die Republik von San Marco proklamiert, Daniele Manin wird ihr Präsident.

Der venezianische Historiker Alvise Zorzi, durch seine Herkunft berufen, durch sein Wissen kompetent, schreibt in seinem Buch »Venezia austriaca«: »Seine Erscheinung war von außerordentlichem Charisma geprägt, gefördert auch durch seine bemerkenswerte Rednergabe. Manin verstand es, in aller Schlichtheit einen Weg zum Verständnis bei der Masse zu finden.«

Daniele Manin, in den Jahren des Exils
Foto-Studio H. Volard, Paris 1852

Inzwischen hatte Feldmarschall Radetzky die lombardische Hauptstadt Mailand aufgeben müssen. Die österreichische Italienarmee zog sich in das Festungsviereck von Legnago, Mantua, Peschiera und Verona zurück. Die Sache schien für Italien gut zu stehen.

Die Regierung der Republik von San Marco durfte auf Konsolidierung hoffen. Dennoch – das Amt eines Regierungschefs in einer im Krieg isolierten Stadt ohne Hinterland auszuüben, ist eine unlösbare Aufgabe. Aber die Opferbereitschaft der Bevölkerung ist groß, in allen sozialen Schichten der Stadt. Das ist umso eher bemerkenswert, als die Unterstützung aus den anderen Landesteilen minimal ist.

Wer die Herren kennenlernen möchte, die sich in diesen Tagen der Jahre 1848/49 an die Seite Manins stellten, kann das mit Hilfe verschiedener Denkmäler und Gedenksteine. Der erwähnte Mitgefangene Manins Niccolò Tommaseo steht auf hohem Sockel auf dem Campo S. Stefano. Der Stellvertreter Manins im Parlament der Republik von Venedig war Giovanni Battista Varé, sein Relief ist gleich hinter der Ala Napoleonica zu finden, in der Calle Larga de l'Ascension. Acht weitere Gedenksteine an diesen Mauern zeigen Reliefporträts anderer venezianischer Patrioten und ihrer neapolitanischen Mitstreiter, vom Finanzminister dieser Tage bis zum revolutionären Dichter.

Für einige Monate also ging das gut, dann nahm das Kriegsglück seine Wendung und die junge Republik wurde von Problemen erdrückt.

Daniele Manin hat durch eine Vielzahl von Maßnahmen der Stadt ihr Selbstbewußtsein wiederzugeben versucht. Er bediente sich des Venexian, im Umgang mit seinen Freunden, im Alltag, daneben beherrschte er mehrere Fremdsprachen: Griechisch, Latein, Hebräisch, Französisch und Deutsch. Er war sehr belesen, trotz der Probleme mit seiner Kurzsichtigkeit. Und er hat der alten Tradition der Regatta zur Wiederbelebung verholfen.

Daniele Manin hatte an der Planung der Eisenbahnlinie durch das Lombardo-Venetische Königreich mitgewirkt, der Ferrovia Ferdinandea, das hatte sehr zu seinem Renommee beigetragen, die Kontakte konnte er nun nutzen.

Aber die Isolation, die Siege der österreichischen Armee in Oberitalien, schließlich die Cholera, Typhus, die Bombardements der

Stadt, der Hunger, die beginnende Verzweiflung ergaben eine aussichtslose Lage.

Daniele Varé, der Sohn des Giovanni Battista Varé, erzählt in seinem Buch »Die Schatten vom Rialto« von seiner Tante Caterina. Ihr Haus war bescheiden möbliert, und sie hatte nur sehr einfaches Geschirr und Besteck. Überhaupt gab es in ihrem Haushalt keinerlei Luxus. Der Neffe war enttäuscht. Und er berichtet weiter:

»Als Tante Caterina gestorben war, fanden ihre Erben in Schränken und Kommoden dicke Bündel von Banknoten und Obligationen über beträchtliche Summen, alle datiert vom Jahre 1849, dem Jahr der erfolglosen Revolution gegen die österreichische Herrschaft. Gemälde, Silbergeschirr, alte Möbel, alles, was Handelswert hatte, war verkauft worden, um die Wertpapiere und Banknoten zu erwerben – die dann alle wertlos wurden wie die Assignaten der Französischen Revolution. Diese Schuldverschreibungen, die unsere Familie und andere, die sich für die Sache der Freiheit aufopferten, gekauft hatten, waren von Manins Regierung, der auch mein Vater angehörte, in schrecklicher Notzeit ausgegeben worden.«

Österreich hat nach einigen unruhigen Monaten in allen Landesteilen den Aufstand niedergeschlagen. Der hochbetagte Feldmarschall Radetzky hat seinen legendären Ruf wieder einmal bestätigt. Der Mann, der als Generalstabschef Napoleon bei Leipzig besiegt hat, ist siegreich in die Hauptstadt der Lombardei zurückgekehrt. Im Mai 1849 sieht sich Venedig alleine im Kampf. Zu Lande und zu Wasser ist die Stadt von Soldaten umgeben. Aber sie gibt nicht auf, obwohl der Krieg auch mit ganz neuen technischen Mitteln geführt wird. Ballons sollen Bomben über dem Zentrum abwerfen. Die meisten dieser Ballons erreichen aber nicht ihr Ziel, sondern lassen sich vom Wind in Gegenden treiben, über das Meer, wo sie den historischen Gebäuden und ihren Bewohnern keinen Schaden zufügen können. Aber schlimmer als die Luftballonbomben sind der wachsende Hunger – es gibt kein Mehl mehr – und die Cholera. Und die Versuche der kleinen venezianischen Marine, das offene Meer zu erreichen, scheitern.

Im August 1849 waren die Kräfte der jungen Republik am Ende. Mailand hatte aufgeben müssen, Österreich hatte sein Territorium wieder in der Hand. Am 22. August kapitulierte Manin.

Zusammen mit anderen 39 Protagonisten der Republik der immerhin 17 Monate ging er am 27. August 1849 in die Verbannung nach Paris. Dort ist er fünf Jahre später gestorben.

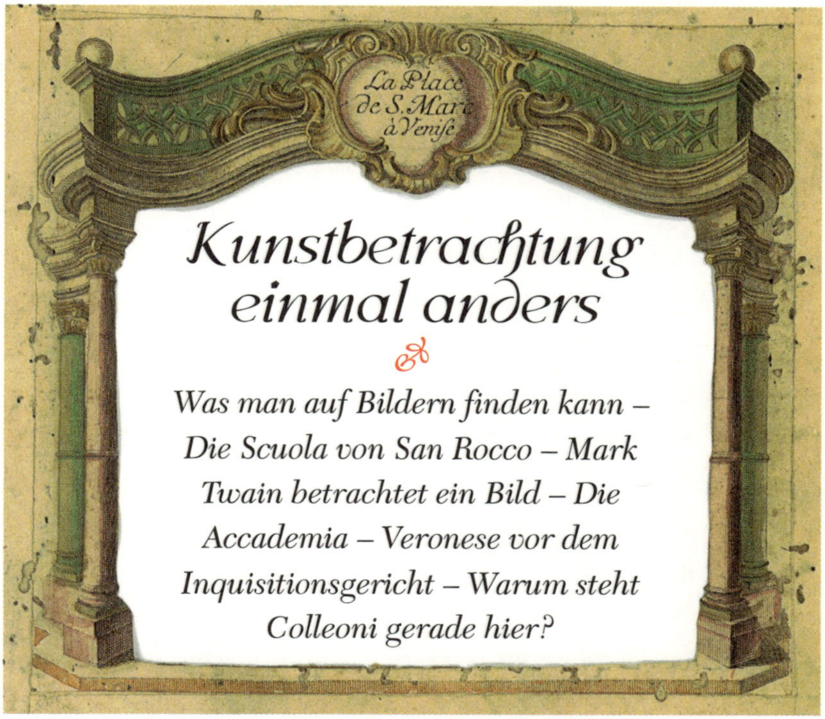

Kunstbetrachtung einmal anders

Was man auf Bildern finden kann – Die Scuola von San Rocco – Mark Twain betrachtet ein Bild – Die Accademia – Veronese vor dem Inquisitionsgericht – Warum steht Colleoni gerade hier?

Wer in dieser Stadt meint, nun könne ihn nichts mehr überraschen, der wird sich beim ersten Besuch von San Rocco korrigieren müssen.

Um dem theatralischen Aspekt die Reverenz zu erweisen, genügt der Besuch. Ab dem ersten Schritt in den großen Saal im Parterre wird der Gang durch das Haus zum Erlebnis.

Über die Betrachtung von Kunstwerken gibt es zu viele Aussagen, als daß ein interessierter Laie dem Thema weitere Aspekte hinzufügen müßte. Freilich sollte man vor allem und gerade in dieser Stadt die Freude strömen lassen, sollte sich einen sinnlichen lustbetonten Blick auf Kunstwerke bewahren.

Doch selbst wer seinen Blick nicht unbedingt auf die Bildende Kunst gerichtet hat, wird in den Werken Tintorettos in der Scuola

Grande von San Rocco einen Weg zum Interesse finden. Da gibt es so viele Details, so viele Kommentare zum Alltag des 16. Jahrhunderts, daß man über Farbe,Thema, Form hinaus gefesselt sein wird. Auf welche Weise hier Christus gekreuzigt wird, wie der rechte und der linke Schächer an ihre Kreuze gebunden sind, mit welchen technischen Hilfsmitteln diese Kreuze aufgerichtet werden, das alles macht neugierig. Da liegen Hammer, Zange, Säge, und sie sehen genauso aus wie das entsprechende Werkzeug von heute. Der Betrachter beginnt, Realienkunde zu betreiben, wenn schon kein anderer Aspekt ihm den Besuch wertvoll erscheinen läßt. Und so wird er vielleicht die anderen Mitglieder in seiner Gruppe nicht mit Fragen belästigen wie »Wo gehen wir mittagessen?« oder »Was heißt Espresso auf Italienisch? Ich warte in dem Lokal gegenüber«.

Zu den foresti, die in die Serenissima mehr als oberflächliches Interesse mitbrachten, gehört Mark Twain. Der Vielgereiste hat Venedig mehrmals besucht. In »A Tramp Abroad« erzählt er von der Basilica von San Marco und vom Dogenpalast. Zwei Gemälde haben es ihm angetan, aber natürlich nicht in der konventionellen Weise, wie sie anderen Menschen widerfährt.

Das eine war Tintorettos Riesenwerk im Saal des Großen Rates. Es erinnert in seiner Ausdehnung an die Sixtina in Rom. Twain schätzt seine Fläche »auf drei Morgen«:

»Da sind zehntausend Figuren, und alle tun sie etwas. In der ganzen Komposition ist ein wunderbarer Schwung ... Fünfzehn oder zwanzig Figuren mit Büchern sind da und dort zu sehen, aber sie können ihre Aufmerksamkeit nicht der Lektüre widmen. Sie bieten die Bücher anderen an, doch keiner will jetzt lesen. Da ist der Löwe von San Marco mit seinem Buch und Sankt Markus mit erhobener Schreibfeder; er und der Löwe blicken sich ernsthaft ins Gesicht und streiten darüber, wie ein Wort zu buchstabieren sei – der Löwe blickt in aufmerksamer Bewunderung zu Sankt Markus auf, wähernd er buchstabiert.«

Dieses Treffen zwischen dem schreibkundigen Markus und dem lernwilligen Löwen kann man auch an anderer Stelle im Palazzo Ducale bewundern, in der Sala Grimani.

Der Amerikaner ist auch von einem anderen Bild begeistert, es schmückt den Saal des Rates der Zehn – »Papst Alexander III. und der Doge Ziani, der Bezwinger des Kaisers Friedrich Barbarossa« von Giorgio Bassano.

Twain geht es nicht um die historische Situation, es geht ihm um ein Detail, er nennt es den »Fellkoffer«. Er schildert, wie sein Blick sich diesem ihm wichigsten Punkt nähert, diesem Fellkoffer: »Die Komposition dieses Bildes ist über jedes Lob erhaben. Der Fellkoffer wird dem Fremden nicht an den Kopf geworfen, wie so oft der Hauptgegenstand eines unsterblichen Werkes.« Man muß das Bild genau betrachten, bis man in einer Ecke diesen Gegenstand findet, der tatsächlich eine Art Koffer sein dürfte, hergestellt aus der Haut eines Tiers mit dem Fell nach außen.

Mark Twain schwärmt weiter: »Der Fellkoffer ist so vollkommen, daß er sogar Personen, die sonst kein Gefühl für Kunst haben, ergreift. Als ein Gepäckmeister der Eisenbahn aus Erie das Bild vor zwei Jahren sah, mußte er an sich halten, um den Koffer nicht als Reisegepäck aufzugeben, und als ein Zollinspektor vor dem ›Fellkoffer‹ stand, starrte er eine Zeitlang in stillem Entzücken auf den Koffer, legte dann langsam und unbewußt eine Hand mit der Handfläche nach oben auf den Rücken, und holte mit der anderen seine Kreide heraus. Diese Tatsachen sprechen für sich.«

Die beiden Stellen in Mark Twains Venedig-Bericht sind perfekte Parodien auf detailversessene Kunstführer, aber sie verführen auch dazu, Bilder auf diese Weise zu betrachten – und das macht Freude.

Mark Twain. Fotograf unbekannt, um 1900

Wer für Venedig einen Tag geplant hat, wird nicht in den Genuß solcher Erlebnisse kommen. Wer aber mit der der Serenissima entsprechenden Gemächlichkeit durch die Gassen flaniert, kann sich der Kunstbetrachtung alla veneziana hingeben.

Da wird man in der Galerie der Accademia viel zu tun haben. Dort sieht man ein Gemälde von Carpaccio, das den Patriarchen von Grado zeigt, der einen vom bösen Geist besessenen Mann heilt. An der Wand findet man ein Schild, es zeigt einen Stör und wirbt für ein Gasthaus, das zu Vittore Carpaccios Zeit am Rialto bestanden hat.

Ein anderes, nicht mehr bestehendes Gasthaus treffen wir auf einem Bild Gentile Bellinis, der »Prozession«. Da sieht man das

Schild des Gasthauses »Zum Schwarzen Hut«, sein Name lebt in dem seiner einstigen Gasse weiter, der Calle del Cappello Nero, die nahe dem Uhrturm liegt, an der Hinterseite der Procurazie Vecchie.

Eine ganze Wand der Accademia wird von einem Gemälde Veroneses eingenommen. Ermüdete Besucher rettet wenige Meter vor dem unglaublichen Bild eine Sitzgelegenheit und sie können so in Ruhe den vielen Gedanken nachhängen, die der Anblick dieses »Abendessens in Levis Haus« möglich macht.

Da sieht man Christus und die Apostel, beschäftigt mit einem ausgiebigen Gelage. Der Wirt, von einem Kellner begleitet, sieht soeben nach dem rechten. Aber dann gibt es noch Mohren und Zwerge, Papageien und Hunde, und eine große Zahl weiterer Figuren.

Dieser Details wegen hat das Bild ein ganz ungewöhnliches Schicksal erfahren, und sein Schöpfer kam wegen des Bildes in eine gar nicht ungefährliche Lage, die ihm zumindest schlimmen beruflichen Schaden hätte einbringen können.

Am 14. Februar 1571 zerstörte ein Brand das Refektorium des Klosters von San Giovanni e Paolo. Der Verlust des Gebäudes war schlimm genug, und zudem war mit ihm eines der Hauptwerke Tizians verbrannt, ein »Letztes Abendmahl«.

Die Schuldigen waren rasch gefunden – betrunkene Landsknechte aus Deutschland, die im Keller ihr Lager aufgeschlagen hatten. Dort hatten sie auf die Einschiffung nach Zypern, zum Kampf gegen die Türken, gewartet.

Der Entschluß zum alsbaldigen Wiederaufbau war rasch gefaßt. Schwieriger war die Entscheidung, wem die Ehre zuteil werden sollte, in Tizians Fußstapfen zu treten und ein neues »Abendmahl« für das neue Refektorium zu malen.

Den Auftrag bekam Paolo Caliari, genannt »Il Veronese«. Der Veroneser hatte zu dieser Zeit schon einen ausgezeichneten Ruf, er war

43 Jahre alt. Seine Bilder waren in der Libreria Marciana zu sehen, oder in der Kirche von San Sebastiano, die Veronese nicht nur einzelne Bilder, sondern ein Gesamtkonzept verdankt.

Das Refektorium war bald wiederaufgebaut, nun wurde das neue »Letzte Abendmahl« gebracht. Das Bild stiftete Verwirrung, es gefiel den Auftraggebern nicht, man war empört. Man war es sosehr, daß Paolo Veronese sich am 18. Juli 1573 vor einem Inquisitionsgericht verteidigen mußte. Drei Mitglieder der Regierung der Serenissima, die »Weisen der Häresie«, befragen ihn. Der Patriarch, also der Bischof, ist anwesend, ebenso ein Vertreter des Papstes. Doch das Verhör führen nicht die Geistlichen, sondern die venezianischen Patrizier.

Das Protokoll ist erhalten. In der Basilica von San Marco, in der Kapelle des Heiligen Theodor, hat das Verhör stattgefunden.

Die Inquisitoren fragen zuerst nach dem Beruf und danach, ob der Angeklagte wisse, weshalb er hier sei.

»Veronese: Signori, no.
Inquisition: Könnt ihr es euch vorstellen?
V: Vorstellen kann ich es mir schon.
I: So sagt, was ihr euch vorstellt.
V: Wegen der Gründe, die mir die Padres genannt haben, vor allem der Prior von San Giovanni e Paolo, ich weiß seinen Namen nicht …«

Schließlich kommt man zum Thema.

»I: Welches ist das Bild, um das es hier geht?
V: Das ist eine Darstellung des Letzten Abendmahls, das Christus mit seinen Aposteln zeigt.

I: Wo ist dieses Bild?
V: Im Refektorium der Brüder von San Giovanni e Paolo.
I: An der Wand, auf Holz, auf Leinwand?
V: Auf Leinwand.
I: Wie hoch ist es?
V: Es mögen siebzehn Fuß sein.
I: Wie breit ist es?
V: Circa 39 Fuß.
I: In diesem Abendmahl für San Giovanni e Paolo, was bedeutet die Figur, der das Blut aus der Nase rinnt?
V: Da habe ich einen Kellner gemalt, dem aufgrund irgendeines Mißgeschicks Blut aus der Nase fließt.
I: Was bedeuten diese Bewaffneten in deutscher Kleidung mit einer Hellebarde in der Hand?
V: Dazu muß ich einige Worte sagen. Wir Maler nehmen uns die Freiheit, die sich auch Poeten und Narren nehmen, und ich habe diese beiden Bewaffneten gemalt, einen, der trinkt, einen anderen, der auf einer Stiege ißt. Die beiden können dort ihren Dienst versehen, denn der Hausherr war ja mächtig und reich, wie man mir gesagt hat, und kann also solche Dienstleute haben.
I: Der da als Narr gekleidet ist, mit dem Papagei auf der Faust, zu welchem Zweck habt ihr ihn auf die Leinwand gemalt?
V: Als ein Ornament, wie man das eben macht.«

Die drei Inquisitoren fragen noch nach weiteren Details, etwa nach dem Mann, der sich mit einer Gabel die Zähne reinigt, und kommen schließlich zum Wesentlichen.

»I: Welche Person hat euch den Auftrag gegeben, auf diesem Bild deutsche Landsknechte, Gaukler, und solche Sachen zu malen?

V: Niemand, Signori. Aber der Auftrag hat gelautet, ich möge das Bild nach meinem Gutdünken gestalten, es hat eine große Fläche und kann viele Figuren aufnehmen …

I: Scheint es euch richtig, daß beim letzten Mahl des Herrn Gaukler, betrunkene Deutsche, Zwerge und derlei Skurrilitäten auf das Bild gehören?

V: Signori, no.

I: Warum habt ihr sie dann gemalt?

V: Das habe ich getan, weil ich ja zeige, daß diese Figuren außerhalb des Raums sind, in dem zu Abend gegessen wird.

I: Wißt ihr nicht, daß in Deutschland und anderswo der Bazillus der Häresie auf dem Weg der Kunst um sich greift, schmäht, und Hohn über die Anliegen der Heiligen Katholischen Kirche ausgießt, um den Dummköpfen schlechte Lehren beizubringen?

V: Signori, ja, das ist schlecht. Aber darum komme ich zurück auf das, was ich schon gesagt habe, daß ich nämlich dem zu folgen habe, was meine Vorgänger getan haben.

I: Was haben eure Vorgänger getan? Haben sie etwa auch solche Sachen gemacht?

V: Michelangelo hat in Rom, in der Kapelle des Papstes, unseren Herrn Jesus Christus gemalt, seine Mutter und die Heiligen Johannes und Petrus, und die Heerscharen des Himmels, und diese sind nackt dargestellt …

I: Wißt ihr nicht, daß man beim Jüngsten Gericht keine Kleider trägt, es ist also sinnlos, Kleider und solche Sachen zu malen, und auf diesem Bild gibt es keine geistlosen Sachen, da gibt es keine Gaukler, keine Hunde, keine Waffen und ähnliche Dummheiten. Scheint es euch, angesichts dieses oder irgendeines anderen Beispiels, daß ihr euer Bild gut gemacht habt?

V: Signor illustrissimo, nein, ich will es nicht verteidigen …«

Und so endet das Verhör, nachdem Veronese noch einmal bekräftigt, er habe ja alle beanstandeten Figuren in einem anderen Raum dargestellt als in jenem mit Christus und den Aposteln.

Der Vorwurf der Häresie gilt als entkräftet. Aber es blieb dabei, daß eine Gruppe von derartigen Figuren in so großer Zahl nicht auf eine Darstellung gerade dieses mystischen wesentlichen Geschehens gehöre. Also fand man eine salomonische Lösung. Das Bild bekam einen anderen Namen. So wurde aus dem »Letzten Abendmahl« ein »Abendmahl in Levis Haus«, und alle waren zufrieden.

Im Zuge der französischen Plünderung kam das Bild nach Paris. Nach dem Wiener Kongreß wurde es den Venezianern von der neuen österreichischen Regierung zurückgegeben und kam schon damals in die Galerie der Accademia.

Diese Lösung des Problems durch die Umbenennung des Bildes, das ist ein klassisches Beispiel für die umstrittene Meinung, man könne aus der Geschichte nicht lernen. Man kann doch. Man mag solch eine Haltung salomonisch nennen oder schlitzohrig, weise oder einfach schlau, das ist gleich. Wichtig ist, daß auf diesem Weg wieder Friede herrschte zwischen dem Künstler und dem Auftraggeber, und daß niemand zu Schaden gekommen ist.

Direkt vor den Türen der Kirche von S. Giovanni e Paolo findet sich ein zweites Beispiel für diese Denkweise. Im Freundeskreis habe ich sie vor Jahren einmal mit einem neuen Namen ausgestattet. »Schlau sein wie die Füchse«, heißt es im Deutschen. Der Fuchs nennt sich im Italienischen »La volpe«, und so haben wir den »Volpismo« erfunden. Schlau waren die Herren der Serenissima, als es um die Frage des Erbes von Bartolomeo Colleoni ging. Der Condottiere hatte mit seinen Söldnern im Laufe seines Lebens ein gewalti-

Nächste Bildseite: Antonio Canal »Der Campo Santi Giovanni e Paolo«, 1726

ges Vermögen erkämpft, das er dem Staate zu vererben bereit war. Doch er nannte eine Bedingung: Venedig müsse ihm ein Reiterdenkmal errichten, und dieses habe vor San Marco zu stehen.

Personenkult dieser Art war dem Denken der Freien Republik fremd, und wer konnte die Folgen absehen? Andererseits ging es um eine riesige Summe. Also – denken wie La volpe. Mit 75 Jahren starb Colleoni, im Jahre 1475. Die Serenissima nahm das Erbe dankbar an, und gab nun den Auftrag zur Planung des Denkmals. Andrea Verrocchio bekam diesen Auftrag, der Lehrer Leonardo da Vincis. Er ließ sich etwas Zeit, wurde gemahnt, und lehnte den Auftrag schließlich ab. Er hatte erfahren, daß man sich auch von anderen Künstlern Entwürfe für dieses heikle Projekt machen ließ und war beleidigt. Die Republik erinnerte ihn an den bestehenden Vertrag, und als Verrocchio davon nichts wissen wollte, machte man ihm ein Angebot, das er nicht ablehnen konnte: Man werde ihn hinrichten, es sei denn, er liefere den Entwurf. Andrea Verrocchio lieferte. Dafür bezahlte ihm die Serenissima auch ein Honorar in doppelter Höhe des vereinbarten.

Von 1479 bis 1483 arbeitete Verrocchio an seinem Colleoni. 1488 ist er gestorben, die Statue war noch nicht gegossen. Das Problem mit dem Standort, das Hauptproblem der Erbschaftsangelegenheit, war übrigens längst gelöst worden. Natürlich würde man, dem Willen des Erblassers folgend, das Reiterstandbild vor San Marco aufstellen.

Zum Glück gibt es ein zweites San Marco, nämlich die Scuola di San Marco, neben der Kirche von S. Giovanni e Paolo – und dort steht er nun, der arme reiche Mann. Aber wie sollte solch ein Haudegen auch der Diplomatenschläue dieser Intrigenprofis gewachsen sein …

1496 wurde das Denkmal enthüllt. So steht also nun auf dem Campo, den die Venezianer Campo San Zanipolo nennen, eine der bedeutendsten Reiterstatuen der Kunstgeschichte. Zanipolo ist venexian – aus Giovanni wird Gianni, aus Gianni wird Zani, und aus Paolo wird Polo, zusammengezählt Zanipolo. John Ruskin, der mit unerbittlicher Klarheit seine Meinung kundtut, dem die Stadt verdankt, daß man in der Zeit des Verfalls im 19. Jahrhundert auf vieles von der versinkenden Schönheit wieder aufmerksam wurde, sagt über dieses Werk Verrocchios: »Ich glaube nicht, daß es auf der ganzen Welt eine herrlichere Bildhauerarbeit gibt.«

Das Pferd zeigt elegante Kraft, befindet sich in verhaltener, vornehmer Bewegung. Das Pferd ist wichtig, der Reiter ist nur Mittel zum Zweck. Wir besitzen kein Porträt von Colleoni, dem General. Und auch Andrea Verrocchio besaß keines und – er hat den Söldnerführer niemals gesehen. Er hat sich ein Idealbild eines entschiedenen, rücksichtslosen, sieggewohnten Feldherrn vorgestellt. Wir sehen hier nicht das Ebenbild eines Mannes, wir sehen eine Idee.

»Der Elefant«

Pietro Longhi »Das Nashorn« – Schausteller im Karneval – Ein Elefant auf der Flucht – Die Folgen dieses Ereignisses

Das Nashorn – wir müssen mit einem anderen Tier beginnen – auf dem Bild von Pietro Longhi steht ganz ruhig da. »La mostra del rinoceronte«, »Die Schaustellung des Rhinozeros«, so heißt das Bild. In der Ca'Rezzonico ist es zu sehen.

Das Rhinozeros steht still da und tut nichts. Es kann auch nichts tun. Jenen Körperteil, der ihm seinen deutschen Namen gibt, hat es verloren. Immer noch hat es seine Kraft, es könnte loslaufen, es könnte einen Menschen und wohl auch mehrere an die Wand drücken. Deshalb ist zwischen das nashornlose Nashorn einerseits und seinen Besitzer und seine Betrachter andererseits eine massive Holzwand gesetzt worden.

Auf den ersten Blick scheint das Nashorn ganz dumm dazustehen. Der Verlust seiner Hauptwaffe wirkt fatal. Dieser Eindruck wird durch die einzige Aktivität unterstrichen, deren das Tier sich befleißigt: Es frißt, aber eben nicht auf jene gargantueske Weise, die wir von ihm erwarten dürfen, sondern eher wie ein Lamm oder wie eine Kuh. Es hat sich aus einem kleinen Heuhaufen vor seiner Nashornnase einige Halme geholt. Drei zarte Halme ragen aus dem Maul.

An die Holzwand im Zuschauerraum hat man ein kleines Schriftplakat genagelt, das den Bildbetrachter über das Sujet informiert: »Wahre Darstellung etc.« 1751 hat Pietro Longhi das mächtige Tier porträtiert, und er hat auch eine Gruppe von Betrachtern und eben jenen Schausteller dargestellt. Und diese Gruppe von Menschen sieht viel dümmer aus, als das arme Nashorn.

Der Schausteller hat ein junges Gesicht, dem man als einzigen Charakterzug eventuell etwas Verschlagenes ansehen mag. Er hält das amputierte Horn triumphierend in der Rechten, hoch erhoben, zusammen mit einer Peitsche. Diese Peitsche muß sinnlos sein. Was will er mit ihr bewirken? Der Hornverlust macht das Tier schwächer, aber es macht seinen derzeitigen Herrn nicht stärker, ebensowenig wie die Peitsche.

Menschen in Maske und solche ohne Maske sehen scheinbar das Nashorn an, aber tatsächlich trachten sie danach, gut ins Bild zu kommen, und schauen dem Maler ins Gesicht, damit er sie deutlich darstellen kann und sie sich wiedererkennen können, wenn das Bild fertig ist. Eine Dame mit schwarzer Maske will offenbar nicht erkannt werden, dem kleinen Mädchen neben ihr ist das Nashorn überhaupt gleichgültig. Einzig der Herr im roten Mantel mit der kleinen weißen Tonpfeife steht im Blickkontakt mit dem Ausstellungsobjekt. Überhaupt sind die Accessoires interessanter als ihre Träger – Pfeife, Peitsche, Taschen, Masken, Fächer.

Ein ungeschriebenes Theatergesetz sagt, man könne auf der Bühne gegen kleine Kinder und Tiere nicht aufkommen, sie stehlen den Darstellern die Show. Das Gesetz hat Recht, auch in diesem Fall. Das Menschengrüpplein ist armselig, gemessen an dem geheimnisvollen Wunder im Vordergrund. Das Nashorn siegt auch ohne Horn.

Seit die Menschen zum ersten Mal auf andere Lebewesen getroffen sind, die ein für sie ungewohntes Aussehen hatten, haben sie sie eingefangen und vorgeführt. Das Nashorn wird nicht die erste Attraktion dieser Art in Venedig gewesen sein, und es war nicht die letzte.

Das Nashorn wirkt auch so gänzlich deplaziert an diesem Ort, weil es nicht dem charmanten Gesetz der Dekadenz verfallen ist und so gar nicht zu den Menschen paßt, die da für diesen Anblick bezahlen oder an ihm verdienen, weil es die pure Kraft repräsentiert. Ein Pfau paßt hierher, aber nicht ein Nashorn. Der Löwe von San Marco ist schon wieder sosehr entlöwt, vermenscht, daß die Sache funktioniert. Er ist ja von jeher ein Wappentier, ein Symbol. Aber ein Nashorn?

Als in den Gassen der Stadt im Karneval 1819 bekannt wurde, daß man an der Riva degli Schiavoni verschiedene exotische Tiere zu sehen bekomme, war die Nachfrage groß. Vor allem der Elefant fand Anklang. Das war selbst in der Stadt der Wunder ein seltener Anblick, wie man ihn sonst nur eventuell auf einem Gobelin oder einem Stich zu Gesicht bekam, und wann hatte man schon Gelegenheit, Gobelins oder Stiche zu betrachten? Der Elefantenbesitzer machte seinen Umsatz.

Eines Tages war damit aber Schluß, die Tiere sollten zum nächsten Auftritt gebracht werden. Die Wärter machten sich an ihr Routinewerk, doch mit dem Elefanten gab es ein Problem. Er wollte nicht. Er nahm sich vor, in Venedig zu bleiben, verabschiedete sich von seinem Standplatz und den ihn dort haltenden Fesseln und ging spazieren, die Riva degli Schiavoni entlang.

Pietro Longhi »Das Rhinozeros«, 1726

Der zuständige Wärter kam nur kurz in Verlegenheit, er kannte einen Trick, die Leibspeise des Riesen. So lockte er ihn, erzielte Teilerfolge, aber noch bevor der Elefant wieder auf den rechten Weg gekommen war, fand der kulinarische Vorrat des Wärters sein Ende und gleich darauf dieser selbst.

Denn er hielt es für eine schlaue Idee, so zu tun, als sei noch mehr da, doch der Elefant durchschaute den Trick und schleuderte den unglücklichen Wärter hoch in die Luft, was dieser nicht überlebte.

Gianni Predieri. Der Elefant attackiert seinen Wärter, 1820

Von der eigenen Attacke und vom schreienden Volk nunmehr gänzlich verschreckt, flüchtete das arme Tier durch die Calle del Dose, über den Campo Bandiera e Moro – er hat damals diesen Namen noch nicht getragen, weil er ihn noch nicht tragen konnte – in die Salizzada S. Antonino, von den Gewehrschüssen der Guardie Municipali, der Stadtwachen, noch weiter in Panik versetzt. Danach geriet der Elefant in eine Sackgasse, ein venezianisches Fremdenschicksal, und durchbrach eine Haustüre.

Über eine Holzstiege trachtete er, den ersten Stock zu erreichen, aber die Stiege hielt dem Gewicht nicht stand, sie brach ein und der Elefant war wieder im Parterre. Die Stadtwache witterte eine Chance und schoß noch wilder. Daß die fünfköpfige Familie, die das Haus bewohnte, den Kampf Polizei – Elefant heil überstanden hat, galt als ein Wunder.

Als letzte Zuflucht erschien dem Elefanten die Kirche: Er zertrümmerte das Portal von Sant'Antonino und zerstörte, was ihm in seinem Asyl vor den Rüssel kam. Unter seinem Gewicht brach eine steinerne Grabplatte ein. Inzwischen war die Stadtwache auf die Orgelempore geklettert, von dort wurde der Elefant weiter beschossen, immer noch ohne den gewünschten Erfolg. Erst die inzwischen eingetroffene Marineartillerie sorgte für das tragische Ende dieser ungewöhnlichen Jagd.

Das arme Tier hatte es jetzt überstanden, Venedig noch nicht. Es bildeten sich Gruppen von verschiedener Meinung, die pro und contra Elefant und Wärter und Stadtwache zu streiten begannen.

Der Satiriker Pietro Buratti verfaßte ein Gedicht »L'Elefanteide« und das Theater von S. Luca begann sofort mit den Vorbereitungen für eine Premiere mit dem Namen »Der Elefantenmord«. Die Premiere soll heftige Mißfallensäußerungen seitens des Publikums hervorgerufen haben.

Die Elefantenhaut und das Skelett der unglücklichen Hauptfigur wurden der Universität Padua übergeben.

Der Satiriker Buratti wurde für vier Wochen einer Haftanstalt übergeben. Er hatte in seinem 104 Strophen umfassenden Gedicht zwar den nunmehr toten Elefanten gelobt, nicht aber den sehr lebendigen Polizeichef Tolomei. Das war ein Fehler.

Und das war die Geschichte vom Elefanten.

Venezia Austriaca

Die weltoffene Stadt – Prinz Eugen – Österreich und Frankreich – Nach dem Wiener Kongreß – Canova – San Pietro in Castello – Die geteilte Stadt – Richard Wagner und die österreichische Militärmusik – Hofmannsthal, Schnitzler und Reinhardt – Trentsensky

Man flaniert durch das Centro storico, kommt zum Fischmarkt, denkt an die Lagune und die Arbeit der Fischer und an Chioggia, und steht plötzlich vor einem Hinweis auf den alten Namen dieses Platzes – Campiello Bella Vienna. Wien und Venedig, das bedeutet eine Verbindung, die intensiv ist, die tiefere Wurzeln hat als jene der beiden Städten mit anderen Kommunen.

Es liegt im Wesen der Serenissima, daß Fremdes nicht abgelehnt wird. Wer mit einem Lächeln auf die Wunderstadt zugeht, wird nicht gekränkt.

In der Kirche von San Pietro in Castello trifft man auf Los Angeles. König Friedrich IV. von Norwegen hat Rosalba Carriera einen Porträtauftrag gegeben. Das Vierte Stockwerk des Museo Navale erzählt ausschließlich von Schweden.

Österreich hatte die Freude, die Stadt und die Terraferma von Venedig zu seinem Hoheitsgebiet rechnen zu dürfen – von 1797 bis 1805 und von 1815 bis 1866. Diese rund 60 Jahre haben Spuren hinterlassen.

Und auch die Zeit vor 1797 hat zu vielen Begegnungen mit dem nördlichen Nachbarn geführt: mit Österreich. Der Patrizier Pietro Grimani war dem großen österreichischen Feldherren Prinz Eugen von Savoyen in Freundschaft verbunden. Der kunstliebende Soldat, ein Wahlwiener, hat den späteren Dogen Grimani in seiner Heimatstadt besucht, und dieser wiederum kam auch nach Wien. Der Doge Grimani – er regierte von 1741 bis 1752 – war am Hof der Habsburger gerne gesehen, und dieser gute Kontakt hatte seine Folgen für die Serenissima.

Pietro Grimani brachte von einem Besuch bei Kaiser Franz I. und Maria Theresia die Idee der Straßenbeleuchtung mit. Die öffentliche Beleuchtung von Wien hatte dem Dogen so sehr gefallen, daß sie nun auch in Venedig eingeführt wurde. Bis dahin hatte sich der nächtliche Spaziergänger seine eigene Funsel mitgenommen, einzige Hilfe waren die Kerzen vor den Heiligenbildern gewesen.

Prinz Eugen hat der Serenissima also einen Besuch abgestattet, und bei dieser Gelegenheit hat er die »Jagd auf den Stier« auf dem Campo Santa Maria Formosa mitverfolgt.

Mit dem Frieden von Campoformio fiel das besiegte Venedig also an Österreich, davon ist an anderer Stelle ausführlich die Rede. Doch mit diesem Frieden war der Kampf zwischen Habsburg und der Französischen Revolution nicht beendet. Die Österreicher kämpften weiter, wenn auch ohne ernsthafte Erfolge – vorderhand.

Die verlorene Schlacht von Austerlitz und der Friedensvertrag von Preßburg vom 26. Dezember 1805 waren für Österreich fatal – ebenso für Venedig. Denn der siegreiche Kaiser der Franzosen nahm

Österreich das Veneto wieder ab, das er dem Gegner acht Jahre zuvor, noch als junger General, überlassen hatte. Der Sohn seiner Gemahlin Josephine wurde nun zum Vizekönig von Italien erhoben und erhielt den Titel eines »Fürsten von Venedig«. Das war, wenige Jahre nach dem Tod des letzten Dogen, ein klarer Affront.

Am 3. Februar 1806 geruhte der neue Vizekönig in Begleitung seiner Gemahlin Augusta Amalia von Bayern höchstselbst in Venedig zu erscheinen. Dieser von den venezianischen Patriziern und vor allem natürlich von den revolutionsgläubigen Mitläufern mit Enthusiasmus gefeierte Besuch bedeutete das Ende zahlreicher Kostbarkeiten der Serenissima.

Der Veneto wird in sieben Bezirke eingeteilt, zu denen auch das friaulische Gebiet gehört. Und Venedig wird die Hauptstadt eines dieser sieben Bezirke, eine weitere Demütigung. Mailand bekommt den Rang der Metropole des Königreichs Italien.

Zwar werden nun Straßen gebaut, verschiedene Verwaltungsmaßnahmen getroffen, Flüsse in neue Betten gezwängt. Aber dafür werden auch Steuern eingehoben, und wie überall in den von Frankreich besetzten oder annektierten Gebieten werden Soldaten ausgehoben.

Da oder dort kommt es zu Aufständen, die blutig und schnell niedergeschlagen werden. Am 28. November 1807 kommt er selbst – Napoleon.

Er läßt, wie der Historiker Alvise Zorzi schreibt, »einen wahren Hagel von Gesetzen und Verordnungen auf die Serenissima niedergehen«. Und Zorzi fährt fort: »Die Maßnahmen, die Napoleon anordnet, waren, für sich betrachtet, zum großen Teil konstruktiv, gleichzeitig aber so widersprüchlich, daß sie sich gegenseitig aufhoben.«

Manche dieser Befehle führen zu schlimmen Ergebnissen. Ein zentraler Friedhof wird angeordnet, er soll auf einer der Inseln liegen. Deshalb muß die Kirche San Cristoforo della Pace, ein Bau aus dem 15. Jahrhundert, geschleift werden. Die Bilder, die sie schmücken, werden vernichtet. Sie stammten von Francesco Guardi.

Napoleon findet, eine Stadt müsse einen öffentlichen Park haben. Also wird ein wesentlicher Teil des Sestiere Castello zerstört, um Platz zu schaffen. Kirche und Kloster der Dominikaner werden geschleift, ebenso Kirche und Kloster der Kapuzinerinnen, das Seminar und seine Kirche San Niccolò, die zum Teil von Sansovino geschaffene Kirche Sant'Antonio Abate, und vieles mehr. Damit war also Platz für einen kleinen Park geschaffen worden. Und weil ein solcher Park auch über einen Hügel verfügen muß, trug man die Trümmer der napoleonischen Willkür zusammen und schüttete Erde darüber.

Die Biennale sollte sich einmal entschließen, den Hügel in den Giardini mit einem senkrechten Schnitt zu versehen. Man stieße auf 800 Jahre Kulturgeschichte.

In den Tagen, da dieses Buch entsteht, hat Venedig beschlossen, das am Ende der Napoleonischen Jahre zerstörte Denkmal des Diktators wiederaufzurichten. Zu diesem Zweck hat die Stadt eine große Summe geopfert, obwohl sie keinen Grund zur andachtsvollen Erinnerung an den Korsen hat.

Die Zerstörungen in Castello bilden aber nur einen kleinen Teil der Katastrophe, die die französische Besetzung über die Stadt gebracht hat. Der Bucintoro verbrannt, die Gruppe Doge und Markuslöwe über der Porta della Carta am Eingang zum Palazzo Ducale zerschlagen, die vier Pferde von San Marco nach Paris verschleppt, und mit ihr zahllose Kunstwerke, die zum großen Teil bis heute nicht zurückgekehrt sind. Und die Kirche von San Geminiano, ein Werk Sansovinos, mußte zerstört werden, damit Herr Beauharnais einen Ballsaal bekommt. Das Gleichgewicht der Piazza wurde für immer beseitigt, einer neuen plumpen Erweiterung zuliebe.

»Venezianische Volkstypen«. »Mandlbögen« der Firma Matthäus Trentsensky, Wien ca.1840

1806 wurden 34 Klöster und neun Kirchen aufgehoben, in den folgenden Jahren, bis 1810, weitere 26 Klöster und 15 Kirchen. Die auf diese Weise den Markt überschwemmenden Kunstschätze ließen, wenn sie überhaupt auf den Kunstmarkt gelangten und nicht zerstört wurden, die Preise ins Bodenlose sinken. Spekulanten, die wertvollstes italienisches Kulturgut ins Ausland verkauften, hatten ihre große Zeit.

Mit dem Waffenstillstand von Schiarino-Rizzo hat der Spuk ein Ende. Die Statue Napoleons wird in den Morgenstunden des 21. April 1814 beseitigt, die Piazzetta gehört wieder San Marco und San Teodoro.

Die Übergabe an die zurückkehrenden Österreicher findet in aller Ruhe statt, wie es in Venedig Brauch und Tradition ist. In anderen Städten kommt es zu blutigen Racheakten an den Franzosen. Der Historiker Emanuel Cicogna, der diese Tage miterlebt hat, schreibt: »Wir wissen nicht, wem wir gehören werden …«

Das wird schnell klar. Zwar kehrt die alte Freiheit nicht zurück, aber die Österreicher kommen wieder, und mit ihnen hat man ja weit weniger Kummer gehabt. General Fürst Reuß wird mit Jubel begrüßt. »Das neue Regime kann auf eine Zustimmung zählen, die die soeben beendete französische Herrschaft niemals gefunden hatte«, schreibt Alvise Zorzi.

Die nächsten Jahre bringen vieles an heute sichtbaren Gemeinsamkeiten.

Patriarch von Venedig wird 1821 Johann Ladislaus Pyrker de Felsö-Eör. Der Freund vieler Künstler seiner Zeit, selbst Poet, hat es verstanden, sich schnell die Verehrung, ja die Liebe seiner neuen Gemeinde zu erwerben. Pyrker hält zu seinen Venezianern, selbst in Konflikten mit den zentralen Stellen in Wien. Der Freund seiner Gemeinde trachtet, die von der französischen Verwaltung aufgehobenen karitativen Einrichtungen durch neue Gründungen zu ersetzen und kämpft selbst auf weltlichem Gebiet für Venedig: Die Franzosen hatten mehrere zentrale Verwaltungsstellen, wie die Gerichte, in den Dogenpalast verlegen lassen. Pyrker erkennt die Gefahr des profanen Alltags für die zahlreichen Kunstwerke dieses Gebäudekomplexes, erfolgreich bittet er Kaiser Franz I. um Hilfe.

Der Kaiser hat für derlei Fragen und Bitten ein offenes Ohr. Antonio Canova, der große Bildhauer, der absolute Star seiner Zeit, drängt auf Rückkehr der geraubten Kunstwerke, der französischen Beute. Kaiser Franz steht ihm zur Seite und gemeinsam ist man erfolgreich.

Nun beginnt die Rückgabe der nach Paris entführten Schätze, vor allem die Quadriga kehrt zurück, das Symbol schlechthin. Kaiser Franz ordnet die Restaurierung der Kirchen von Torcello an.

Antonio Canova stand in seinem Leben und in seinem Werk stets zwischen Wien und Venedig. Die Hauptstadt der Habsburger brachte ihm große Verehrung entgegen und war dankbar, daß er ihre Aufträge annahm. Die Hofkirche zu St. Augustin wurde zur Grabstätte der Lieblingstochter Maria Theresias – ihr Grabmal schuf Canova.

Für ein anderes Werk Canovas ließ man ein eigenes Gebäude errichten: den Theseustempel im Volksgarten, zwischen Hofburg und Burgtheater. Dort fand Canovas Theseus-Gruppe Aufstellung. Sie war den Wienern so wertvoll, daß sie einige Jahrzehnte später einen neuen Standort erhielt – den prominentesten Platz im Entree des Kunsthistorischen Museums, gegenüber der Hofburg.

In der Frari-Kirche steht der Kenotaph Canovas. Er ist 1822 in Venedig gestorben, sein Grabmal ist leer geblieben. Er hat die letzte Ruhe im heimatlichen Possagno gefunden. Der Kenotaph in der Frari sieht bis ins Detail so aus wie das Grab der Erzherzogin Marie Christine in Wien. Gedacht war es für Tizian. Das Grab Tizians aber

befindet sich genau gegenüber, rechts vom Eingang der Frari. Die Inschrift »Titiano Ferdinandus I. MDCCCLII« krönt das Grabmal. Hier kann man, seltener Fall, einem k.k.Doppeladler begegnen.

Bei einem Spaziergang vom Ponte della Paglia bis San Pietro in Castello erlebt man österreichische Erinnerungen quer durch ein Jahrhundert. Das Hotel Danieli hat viele prominente Gäste gesehen, unter ihnen zahlreiche Österreicher. Hat man das Hotel passiert, erreicht man bald die Kirche Antonio Vivaldis, an der Riva degli Schiavoni. Der große Komponist hat seinen Wohnsitz von Venedig nach Wien verlegt, dort hat er seine letzten Jahre verbracht. dort ist er auch gestorben, auf dem Friedhof der Karlskirche lag sein Grab.

Man geht weiter die Riva entlang und kommt am Campo San Biagio an zwei sehr deutlichen Erinnerungen an die einstige k.u.k. Kriegsmarine vorbei, zwei Ankern, sie gehörten den mächtigsten Schiffen der Monarchie – der »Tegetthoff« und der »Viribus Unitis«.

Gleich nach der Brücke biegt man nach links in die Via Giuseppe Garibaldi ein – kaum eine Verkehrsfläche heißt in Venedig Via, eine Seltenheit. Jetzt geht es lange geradeaus, dann wird der Weg schmaler und wird von einem Kanal zur Linken begleitet. Bald gelangt man nun zu einem Gebäude zur linken Seite, das eine Inschrift trägt, die an Carlo Ghega erinnert. Der Planer und Konstrukteur der Semmeringbahn, einer Pioniertat, ist hier, in Castello, zur Welt gekommen. Sein Vater hat, in österreichischer Zeit, im Arsenale gearbeitet.

Und weiter geht der Weg bis zur Kirche von San Pietro in Castello, ein Weg, der sich in jedem Fall lohnt. Wer auf österreichischen Spuren ist, wird sich über die Inschrift in der Kirche freuen, die an den Besuch von Papst Pius VI. erinnert. Der Heilige Vater hatte nach seinem Besuch bei Kaiser Josef II. im Jahre 1782 auf der Rückreise einen Umweg gemacht und San Pietro in Castello die Ehre gegeben – immerhin war das Gotteshaus jahrhundertelang Bischofskirche gewesen.

1. Abth. №1_6 Herausgegeben v. M. Trentsensky in Wien. Bl. :

DAS VOLKSLEBEN IN VENEDIG
Volkstrachten.

In der ersten Hälfte des 19. Jahrhunderts hat Österreich natürlich viele Spuren hinterlassen. Manche lassen sich nicht auf den ersten Blick erkennen. Wer denkt schon in Venedig an Fanny Elßler, die weltberühmte Tänzerin? Sie hat im Teatro la Fenice im Februar 1846 gastiert, mit großem Erfolg. Feldmarschall Radetzky zählte zu ihren Anbetern. 1847, der Graf war 81 Jahre alt, schrieb er an seine Tochter Friederike, anläßlich eines Ballettabends in der Scala in Mailand, er bleibe sogar bis halb elf Uhr am Abend im Theater, wenn die Elßler tanze: »Die Elßler macht Furore und erntet vollen verdienten Beifall.«

Solch langes Aufbleiben bildete eine Ausnahme im geregelten Tagesablauf des alten Generals, er ging sonst immer schon um 20.30 Uhr zu Bett.

Das US-Konsulat in Venedig war bis 1866 eine Außenstelle der Botschaft der Vereinigten Staaten in Wien. Der amerikanische Konsul W. D. Howells, er wird dem Leser noch öfter begegnen, fühlte sich dennoch den Venezianern näher als den Österreichern, auf deren Boden er sich ja in seinen Dienstjahren, von 1861 bis 1865, befand. Aber manchmal kommen sogar die Österreicher gut weg. Hier geht es um die Gäste des Café Quadri, um Österreicher:

»Diese Offiziere waren sehr hübsche, intelligent aussehende Leute mit überaus gutmütigen Gesichtern. Unruhig kamen und gingen sie, setzten sich und schlugen dabei mit ihren Degenscheiden aus Stahl gegen die Tische, oder sie sprangen auf, und die langen Säbel stießen an ihre Beine.

Es sind die elegantesten Soldaten der Welt, und man hat keine Vorstellung, wie schlecht sie sich anziehen können, wenn sie sich selbst überlassen sind, bis man einmal einen in Zivil angetroffen hat.«

Howells liebte es, in einem der Kaffeehäuser an der Piazza zu sitzen und zu beobachten. Das liebt auch der Besucher von heute, aber um 1860 war das Bild natürlich viel bunter. Da gab es nicht nur die Farben der vielen verschiedenen Trachten, die bunten Röcke der Soldaten zu sehen, da konnte man zwischen vielen verschiedenen Cafés wählen, nicht nur zwischen einem von vieren wie heute. Und jedes Café hatte seine spezielle Kundschaft.

Da gab es das schon erwähnte Café Quadri, eine österreichische Domäne. Gegenüber, im Café Florian, traf man Vertreter aller politischen Richtungen an, die sich allerdings in getrennten Salons aufhielten und einander zu meiden suchten.

Von Neid erfüllt denkt der Flaneur unserer Tage an die Müßiggänger dieser Jahre um die Mitte des 19. Jahrhunderts. Ihnen konnte zu keiner Tages- oder Nachtzeit das Unglück widerfahren, daß sie auf dem Trockenen sitzen mußten. Das Florian hatte 24 Stunden lang geöffnet.

Ihm am nächsten, in Richtung Ala Napoleonica, lag das Café Specchi. Dort fanden sich junge Italiener ein, die sich zwar auch gerne dem dolce far niente hingaben, es sich aber weniger leisten konnten als die Gäste des Café Florian. Ihm gegenüber, im Kaffeehaus »Zum Kaiser von Österreich«, waren Unteroffiziere und einfache Angestellte zu finden. Daneben lag das Café Suttil, pro-österreichisch gesinnt. Und endlich gab es auf der Piazza noch das Café Greco, zu dessen Kundschaft aber nicht nur Griechen zählten, sondern auch hier domizilierende Armenier oder reisende Russen.

Noch einmal W. D. Howells. Er erzählt von der Piazza mit einer Begeisterung, die an Verzauberung grenzt. Und selbst in diesen Jahren des wirtschaftlichen Niedergangs der Serenissima kann er berichten:

»Zu ebener Erde ist sie von einer Reihe funkelnder Läden und Cafés umgeben, es sind die geschmackvollsten und glanzvollsten in der Welt … und in den Arkaden, die die Piazza an drei Seiten umgeben, drängen sich die Müßiggänger und die Käufer, selbst wenn die österreichischen Musikkapellen spielen; denn, wie wir bemerkt haben, darf dann auch der aufrechteste Patriot unter den Procurazien herumgehen, ohne sich ein schlechtes Gewissen zu machen. Hingegen wäre er hoffnungslos beschmutzt, wenn er die Piazza selbst beträte.«

Das war eines der Probleme dieser Jahre nach 1849.

Die gute und gar nicht anti-österreichische Stimmung der Jahre nach dem Abzug der Franzosen und dem Einzug der Österreicher war gewichen. Vergessen war, daß in den Regierungsjahren von Kaiser Franz und Kaiser Ferdinand ein zaghafter Aufschwung begonnen hatte. Die Erinnerung an Daniele Manin war äußerst lebendig. Der Fremdenverkehr belebte sich wieder, die neuen Landsleute kamen zu Besuch, aber Freundschaft wollte sich nicht und nicht einstellen.

Die Österreicher konnten in diesen Jahrzehnten für Venedig tun, was immer sie wollten – sie kamen nicht über zaghafte Sympathiekundgebungen hinaus. Ob vor 1848, dem Revolutionsjahr, oder danach – keine der Neuerungen brachte das erhoffte gute Einvernehmen mit Venedig und seinen Bürgern. 1822 wurde die Cassa di Risparmio gegründet, man gab dem Hafen größere Rechte, machte ihn wieder zum Freihafen, man öffnete den großen Markt des österreichischen Kaiserreichs für Waren aus Venedig – es half alles nichts.

Venezianische Firmen erholten sich von den Jahren des Niedergangs. Sie konnten ihre Produkte nach Wien, Graz, Prag, Krakau, Preßburg verkaufen, ihre Spiegel und Perlen und Glasluster aus Murano, die Spitzen aus Burano, Bonbons, Brokat, Samt, geprägtes Leder, Gold- und Silberschmuck – aber die Abnehmer wurden deshalb noch lange nicht akzeptiert.

Das Militärkonzert der österreichischen Soldaten vor der Basilica wurde zur Demonstration. Howells verfolgt es mit Freude, und für

Österreichischer Artillerieoffizier im Café Quadri.
Lithographie von N. Draner, Paris ca. 1860

die traditionell musikliebenden Venezianer wäre es ja eine schöne Erweiterung des Corsos auf San Marco gewesen, wenn nicht gerade die Österreicher … also, schade.

Die österreichische Militärmusik hatte immer schon einen sehr zivilen und unkriegerischen Charakter. Das Repertoire bestand aus Walzern, Polkas, Ouvertüren, Opernpotpourris, und natürlich auch aus Märschen. Das Infanterieregiment Nr. 4 hat den ersten Tango nach Wien gebracht, fast jeder Blasmusiker vermochte auch ein Saiteninstrument zu spielen. Und Johann Strauß Vater wie Johann Strauß Sohn, Carl Michael Ziehrer und Franz Lehar leiteten jahrelang Militärkapellen. Sogar Mozart und Schubert und Haydn und Beethoven, die vier Herren der Wiener Klassik also, haben Militärmusik komponiert.

Jedes Infanterieregiment hatte seine eigene Musikkapelle, sie wurde nicht vom Staat erhalten, sie erhielt sich selbst und wurde einzig vom Offizierscorps des jeweiligen Regiments unterstützt.

W. D. Howells berichtet:

»... spielt die Militärkapelle jene fabelhafte Musik, für die die Österreicher berühmt sind. Gewöhnlich werden Stücke aus italienischen Werken ausgewählt, und dies stellt für den italienischen Musikliebhaber eine große Versuchung dar. Doch er widersteht. Es gibt einige Damen von Adel, die seit dem Fall der Republik im Jahr 1849 die Piazza nicht mehr betreten haben ...«

Venedig war musikverliebt, und natürlich hörten die Venezianer, was ihnen da zu Mittag vor San Marco geboten wurde. Aber sie durften es eben nicht hören, auch wenn sie wollten.

Offenbar hat die österreichische Musikliebe die der Venezianer trotz aller Gegensätze eher gefördert. Cosima Wagner erzählt unter dem Datum 23. November 1882:

»Da vernehmen wir die Stimme unseres alten Portiers, der in österreichischen Diensten gewesen, er singt das ›Ständchen‹! Da setzt sich R. ans Klavier und spielt es noch ein Mal.«

Das Ehepaar Wagner hatte sich am Abend über Franz Schuberts »Ständchen« unterhalten, »dieses einzig schöne Lied«. Das hat den Portier des Palazzo Vendramin inspiriert, selbst, von seinem Dienstplatz aus, etwas beizutragen.

Als Richard Wagner zum ersten Mal im Herbst 1858 für längere Zeit in Venedig eintraf, als er sich sein Klavier nachschicken hatte lassen und zu arbeiten begonnen hatte, kam er mittags in ein an der Piazza gelegenes Kaffeehaus und lauschte dem Militärkonzert.

Eigentlich hätte die Militärverwaltung nach Wien melden müssen, daß der Flüchtling aus Dresden sich hier frei bewegte – die Mitgliedschaft im Deutschen Bund hatte derlei Meldungen vorgesehen. Aber solche Meldung hätte nun gar nicht dem Charakter dieser Verwaltung entsprochen. Nichts wurde gemeldet – im Gegenteil. Wenn die Lage für Wagner heikel wurde, kam ein Polizeioffizier, warnte den Meister. Und die Militärkapellen waren stolz, den großen Komponisten im Publikum zu wissen. Im Café Quadri, im Café Lavena saß er und schaute in Richtung Basilica, und hörte den Märschen und Walzern und Potpourris zu – und manchmal auch seinen eigenen Melodien. Wagner selbst erzählt in seinen Memoiren davon. Die österreichischen Militärkapellmeister waren durch gleich drei hervorragende Exemplare in der Lagunenstadt vertreten. Einer von ihnen war Josef Sawerthal, er zählte zu den berühmtesten.

Diese in Venedig garnisonierenden Militärkapellen wandten sich mit einer ehrfürchtigen Grußadresse an Richard Wagner, informierten ihn über ihre Absicht, die »Rienzi«-Ouvertüre in ihr Programm aufzunehmen, und baten den Komponisten, doch einmal einer Probe beizuwohnen und irgendwas zu sagen, zu kritisieren. So ein Brief war als liberale Tat anzusehen, denn wie gesagt, die Bündnistreue hätte eigentlich eher zu einer Festnahme mit anschließender Auslieferung führen müssen als zu einer Huldigung.

Wagner las, kam zur Probe, wohnte der Aufführung bei, war begeistert und schrieb einen Brief:

»Venedig, 24. Oct. 58. Geehrtester Herr Kapellmeister! Ich konnte Sie gestern nicht mehr auf dem Platze finden, um Ihnen mei-

Österreichische Militärkapelle vor der Basilica. Amateuraufnahme, 1861

nen Dank für die schöne Aufführung der Rienzi-Ouvertüre zu sagen, und hole es demnach heute schriftlich nach. Es machte mir große Freude, daß Ihre Musiker sich alles so gut gemerkt hatten und richtig herausbrachten. Der Anfang sogleich war ganz vortrefflich. Mit dem Tempo vollkommen einverstanden. Nur (4 Takte vor dem Allegro) mehr Trommeln und sehr stark. Die Stelle war matt. Nochmals – schönsten Dank, und die Versicherung, daß Sie mir viel Freude gemacht haben! Auf Wiedersehen! Ihr ergebenster Richard Wagner«

Noch viele Jahre später erinnerte er sich des Cafés Lavena – Cosima schreibt in ihren Lebenserinnerungen immer wieder, man habe »den Conditor Lavena« besucht. Am Samstag, 18. November 1882, notiert Cosima Wagner: »Dann kehren wir bei Lavena ein, mit dem R. sich sehr gern unterhält.«

Und bis zum Tod verläßt den Komponisten das Interesse für Militärmusik nicht. Unter dem Datum vom 29. September 1882 notiert Cosima, ihr Mann habe die Italiener kritisiert, »weil sie die Trommel abgeschafft hätten und dafür die niederträchtige hohe Trompete eingeführt«. Und noch zwei Tage vor seinem Ende, am 11. Februar 1883, meint Richard Wagner, er habe einige theoretische Arbeiten vor, nämlich »Das Ewige im Weiblichen«, »Italienische Kirchenmusik« und »Deutsche Militärmusik«.

Fanny Elßler, die 1847 nicht nur den alten Radetzky bezaubert hatte, war ein Weltstar. Allein der großen Maria Taglioni gestand man denselben Rang zu. Die Taglioni hat lang in Venedig gelebt, in der Ca'd'Oro, die ihr der russische Fürst Trubetzkoy geschenkt hatte. Aber weder Trubetzkoy noch die Taglioni waren Österreicher, dürfen also in diesem Kapitel nur marginal aufscheinen. Zurück zur Elßler. An ihrem Wiener Wohnhaus, auf der Seilerstätte, ist eine Inschrift zu lesen, die von ihr sagt: »Sie ist das Lächeln ihres Jahrhunderts gewesen.«

Die Worte stammen von Hugo von Hofmannsthal, und der Wiener Dichter war, wie sein Freundeskreis, der Serenissima geradezu verfallen. Eine seiner schönsten Novellen spielt hier: »Der letzte

Contarini«. Hofmannsthal war mit Mariano Fortuny befreundet. Und er kam auch immer wieder mit Freunden aus Wien nach Venedig, vor allem mit Arthur Schnitzler.

Mit Max Reinhardt hat Hofmannsthal die Salzburger Festspiele gegründet, und Reinhardt hat sich ein Stück Venedig nach Wien geholt – das Teatro La Fenice, das zahllose Venedigbesucher nicht mehr oder noch nicht wieder kennenlernen konnten, weil es nach einem gelegten Brand zur endlosen Baustelle geworden ist. Max Reinhardt hatte sich in diesen zarten Traum von Theaterbau verliebt. Als er die Direktion des Theaters in der Josefstadt in Wien übernommen hatte, keimten und wuchsen in ihm die Visionen, Ideen, Hoffnungen, was man aus diesen Räumen, diesem vom großen Biedermeier-Architekten Kornhäusel gestalteten Theater machen könnte – wenn man das Geld hätte.

Und plötzlich war das Geld da. Camillo Castiglione, der zu den ganz wenigen Menschen zählte, die das Ende des Ersten Weltkriegs nicht ärmer, sondern reicher überstanden hatten, gab Max Reinhardt jeglichen Kredit für die Ausgestaltung des Josefstädter Theaters, ein Glücksfall für den großen Theatermann, ein unbeschreiblicher Glücksfall.

Die Antiquitätenhändler von Venedig werden sich lange an den Einkäufer aus Wien erinnert haben. Türen, Statuen, Bilder wurden erworben. Der Vorhang des Theaters in der Josefstadt wurde nach dem Vorbild der Stoffentwürfe des Wahlvenezianers Mariano Fortuny y Madrazo entworfen, dem man im Kapitel »Foresti« begegnen kann. Der eiserne Vorhang zeigt Canalettos Blick auf Wien, vom linken Eckpavillon des Belvedere aus gesehen, ein venezianischer Blick auf die Stadt der Maria Theresia, lange bevor man hier auch nur ahnen konnte, daß der Enkel, Kaiser Franz I. von Österreich, dereinst den Karneval von Venedig auf eigenem Territorium mitfeiern werde.

A propos Kaiser Franz I. – wer im Biedermeier nicht selbst den Karneval von Venedig erleben konnte, hatte die Möglichkeit, sich kleine Szenen aus Papier in den eigenen vier Wänden aufzustellen, die »Venezianische Volkstypen« zeigten. Die Firma der Brüder Matthäus und Josef Trentsensky, Wien, war marktbeherrschend auf dem Gebiet der Papiertheater. Für sie arbeiteten prominente Künstler wie Josef Kriehuber, Moritz von Schwind oder Matthäus Loder. Neben den kleinen Theatern mit den Dekorationen zum Ausschneiden gab es auch die sogenannten Mandlbögen. Das waren Blätter mit Darstellungen aus dem täglichen Leben, sie zeigten »Die Weinlese«, »Das Turnier« oder eine Militärkapelle.

Die kleinen Figuren waren koloriert, man konnte ihnen – dann waren die Bögen billiger – auch selbst die Farbe geben, und hatte man sie ausgeschnitten, so ließen sich mit ihnen Szenen zusammenstellen. In den Jahren, als ein Teil Österreichs Venedig hieß, waren die »Venezianischen Volkstypen« Trentsenskys ungemein beliebt.

In dieser byzantinisch-venezianisch-österreichischen Welt, in der Stadt Venedig, im dalmatinischen, von Venedig geprägten Küstenland sind die Ideen Fritz von Herzmanovsky-Orlandos zuhause. Hier spielt seine Komödie »Zerbinettas Befreiung«. Und damit sind wir schon fast in der Gegenwart.

San Marco & Co.

Wer ist Marco, wer Todaro, wer Gerardo? – San Marco wird aus Alexandria geholt – Papstwahl auf San Giorgio Maggiore

»Fra Marco e Todaro« – eine venezianische Redensart, die zwei ganz verschiedene Bedeutungen hat: Wer zwischen den beiden Säulen am Abschluß der Piazzetta hindurchgeht, fordert das Schicksal heraus, das ist die eine Deutung. Denn hier, zwischen diesen Säulen, war Venedigs Richtstätte, hier haben Staatsverbrecher für ihr Vergehen den Kopf hingehalten. Der geborene und der gelernte Venezianer gehen also außen vorbei, das ist halb Aberglaube, halb Folklore, alter Brauch, wie man anderswo nicht über ein Kanalgitter steigt, die Universität erst ab der Promotion über die Hauptstiege betritt.

»Fra Marco e Todaro« heißt aber auch, sich nicht entscheiden zu können, zu schwanken. Venedig selbst konnte sich entscheiden. Aber wer ist Marco und wer ist Todaro? Theodor, im Italienischen Teodoro, wird im Venexian zu Todaro. Der heilige Theodor, mit vollem Namen Theodor von Euchaita, gehört zur Gruppe der griechischen Soldatenheiligen. Er ist Patron der Soldaten, er hilft vor allem gegen den Sturm. Man stellt ihn als Soldaten dar, als einen römischen Offizier, der Schild und Lanze trägt. Und wer nicht achtgibt, hält ihn für den heiligen Georg, weil ja da auch noch dieser unerfreuliche Drache ist. Wo immer man diesem Drachen begegnet, gilt – das ist gar kein Drache oder dergleichen, es ist der Teufel. Der Fuß, den der siegreiche Heilige auf das Vieh setzt, bedeutet den Sieg über die Finsternis.

Um das Jahr 300 ist Theodor als Märtyrer gestorben. Er stammte aus Syrien, war römischer Soldat und hatte sich zum Christentum bekannt. Seine Verehrung begann zu wachsen, breitete sich zunehmend von Osten nach Westen aus. Byzanz war das Zentrum dieser Verehrung. Um das Jahr 800 war das Abendland theodorisiert. Venedig, formell noch dem oströmischen Byzanz untertan, trachtete, ein eigener Staat zu werden, unabhängig vom immer schwächer werdenden Byzanz, und benötigte neue, eigene Symbole. Venedig erhob Sankt Theodor zum Schutzpatron, deshalb steht er auf seiner Säule.

Je mehr die Serenissima sich von Byzanz löste, desto intensiver wurde die Suche nach eigenen Symbolen. Venedig wurde sich seiner Position in der Mitte bewußt – des Mittelmeers, zwischen Ost-Rom und West-Rom und dessen Resten, zwischen katholischer Kirche, orthodoxer Kirche. Dieses Selbstbewußtsein hat eines Tages ein neues äußeres Zeichen gefordert. Je mehr dieser neue Gedanke an Boden gewann, desto weniger blieb für San Teodoro. Er kam langsam aus der Mode, war dem kleinen, modernen, aufstrebenden Staat zu östlich. Jetzt schlug die Stunde des heiligen Markus.

Wer war Markus? Gewiß, der Evangelist, das weiß man. Er hat sein Fest am 25. April, sein Attribut ist der Löwe. Und was hat er mit Venedig zu tun?

Das Evangelium des heiligen Markus ist das kürzeste der vier Evangelien. Es beginnt mit dem Prediger Johannes, enthält weder die Kindheitsgeschichte Jesu noch die Bergpredigt. Johannes ist der Löwe, der seine Stimme in der Wüste erschallen läßt – daher das Attribut.

Markus hat gemeinsam mit Barnabas, mit dem er verwandt war, den heiligen Paulus auf dessen erster Missionsreise begleitet. Er war der Begründer der Alexandrinischen Kirche und fand als deren Bischof den Märtyrertod, wahrscheinlich im Jahr 67.

Also gut – Alexandria, aber wieso das räumlich wie zeitlich entfernte Venedig?

Er soll im Zuge seiner Reisetätigkeit bis Linz, Aquileja, Venedig gekommen sein. Hier, in der Lagune, soll ihm ein Engel erschienen sein, der dem Apostel zurief »Friede mit dir, Markus, mein Evangelist!«.

Jerusalem – Alexandria – Venedig! Das sagt sich so, heutzutage. Von Alexandria bis Linz gekommen sein, bis Aquileja … Das sind unglaubliche Distanzen. Sie wurden zum größten Teil zu Fuß zurückgelegt, ohne Landkarten, ohne Reisebüro, Gasthaus, Reklamationsmöglichkeit. Und im Falle von Markus sind sie auch nur Legende.

Doch wem sollte diese Legende denn Nutzen bringen? Es machte doch den Heiligen nicht heiliger, wenn er seinen Glauben in Alexandria bewies statt in Grado, in Damaskus statt in Ravenna?

Das hat im Mittelalter keinen Menschen interessiert. Der Glaube war stärker. Weshalb sollte ein Mensch nicht in der Lage sein, dieses oder jenes Wunder zu wirken, an zwei Orten zur gleichen Zeit zu erscheinen? Es wurde so überliefert und also war es so und basta.

Sankt Markus hat angeblich in Aquileja gewirkt und auch im nahen, wenngleich noch nicht erfundenen Venedig – basta. Und jetzt war er bei den Ungläubigen, den Moslems, die sein Martyrium ver-

Johann Martin Engelbrecht »Der Markusplatz zu Venedig«. Guckkastenbild ca. 1740

schuldet – oder ermöglicht, je nach Ansicht – hatten. 828 ist Sankt Markus nach Venedig zurückgekehrt. Zwei Kaufleute brachten das zustande. Es war nicht leicht. Schließlich hatten die Moslems den Christen doch noch ihre Kirchen gelassen, da war nun also auch das Grab Sancti Marci und die Grabhüter hüteten. Sie rechneten nicht mit der Hartnäckigkeit der symbolsuchenden Venezianer.

Die beiden Seefahrer, die ihrer Heimatstadt die so wichtige Reliquie zu bringen beschlossen hatten, waren Bonus aus Malamocco und Rusticus aus Torcello. Wer diese beiden Orte, besser Stellen der Lagune besucht, kann sich nur schwer vorstellen, daß sie einmal blühende Stätte gewesen sind. Der Doge Andrea Dandolo berichtet in der von ihm verfaßten Chronik, die beiden Handeslherren seien von einem schweren Sturm in den Hafen von Alexandria getrieben worden. Dort hätten sie in der Kirche ihre Andacht verrichtet und bei dieser Gelegenheit die griechischen Geistlichen überzeugt, daß eine so wichtige Reliquie an sicherem Ort, wie Venedig einer war, besser aufgehoben sei als zwischen den Sarazenen.

Nun war zuerst die christliche Gemeinde hinters Licht zu führen, die sich eventuell gegen den Verlust ihres Symbolheiligen gewehrt hätte. Also wurde eine andere Leiche in das leere Grab gelegt. Sodann mußten noch die sarazenischen Zollbeamten übers Ohr gehauen werden. Das geschah, indem die beiden Reliquienerwerber ihren Schatz in eine Kiste legten und diese bis zum Rand mit Schweinefleisch füllten. Die List führte zum Ziel, niemand wollte von der Kiste etwas wissen und so kamen Rusticus, Bonus und Marcus wohlbehalten in Venedig an.

Diese Geschichte hat natürlich die Maler animiert. Da sind noch viele, dem Erzähler oder dem Maler-Erzähler förderliche Details festgehalten, wie das schreckliche Unwetter, das hereinbrach, während die Herren gerade den Grabinhalt wechselten. Dadurch waren die Gemeindemitglieder in ihren Häusern festgehalten worden und konnten nicht störend in venezianische Angelegenheiten eingreifen.

San Marco wurde nach Venedig gebracht und an geheimer Stelle in seiner Kirche beigesetzt. Die Grabesstätte mußte geheim sein, denn schließlich war diese ganze Aktion politisch brisant. Es ging um die Vorherrschaft von Byzanz oder dem in Oberitalien herrschenden Frankenreich. Venedig gehörte noch immer zu Byzanz, vertreten durch den Patriarchen von Grado, das andere Lager wurde vom

Patriarchen von Aquileja geführt. Und nun hatte man also San Marco, das Original, im Besitz und das fränkische Aquileja hatte das Nachsehen. Ärgerlich, denn Sankt Markus galt ja als Begründer des Bistums von Aquileja.

Der Historiker Heinrich Kretschmayr schreibt zu diesem Thema der geheimen Grabesstätte: »... so wie die nunmehrigen Besitzer ihn erwarben, konnten auch andere ihn erwerben wollen, wie sich denn später die Mönche von Reichenau allen Ernstes berühmten, ihn entführt zu haben. Und wie, wenn etwa Byzanz selbst den Anspruch erhob, die kostbare Reliquie zu besitzen?«

Viele Jahre später erwies sich die Geheimniskrämerei rund um Sankt Markus auch aus anderen Gründen als sinnvoll. Als zusammen mit dem Dogen Pietro Candiano auch die Kirche verbrannte, mußte man nicht um die Reliquie zittern. Sie wurde einfach in einem Bauteil wunderbar wiederaufgefunden, der den Brand überstanden hatte.

Wieder Jahrhunderte später, im Jahre 1811, wurde diese Stelle noch einmal gefunden und 1835 hat man dann die Gebeine des Heiligen Markus unter dem Hauptaltar seiner Kirche bestattet.

Wenn man zwischen den Säulen in der Ferne Kirche, Kloster, Campanile von San Giorgio Maggiore sieht, stellen sich viele Assoziationen ein: Giacomo Casanova und sein Weg quer durch Europa, unter Nutzung jeglichen Sündenpfuhls, der sich anbietet – ein Venezianer. Cagliostro – ebenso. Sebastiano Caboto – ein Venezianer als Entdecker-Kaufmann. Goldoni – ein Venezianer reformiert das Theater seiner Zeit von Venedig bis Paris. Alles Karrieren, die aufsehenerregend sind, aber doch zur Serenissima passen, zum Volksleben, zum Charakter der Lagunenbewohner.

Trotzdem sollte man zuerst an San Gerardo denken. Am 24. September wird sein Fest gefeiert. Er kam in Venedig zur Welt, im 11.

Jahrhundert, war Mönch im Kloster von San Giorgio Maggiore. Von seinen Mitbrüdern wurde Gerardo zum Abt gewählt.

Damit wäre an sich ein interessanter Lebenslauf an einen guten Punkt gekommen gewesen. Abt auf dieser Insel, mit dem Boot hin und wieder nach San Marco, da ein gutes Gespräch unter Mitbrüdern, dort ein Glas Wein im gebildeten Kreis, keine unangenehme Vorstellung. Gerardo aber, auf dem Wege zum römisch-katholischen Adelstitel »San«, ging auf große Fahrt, ins Heilige Land. Er hätte den kürzeren Weg per Schiff wählen sollen. Er hatte sich aber für den beschwerlichen Landweg entschieden, über Ungarn. Dort war die Reise zu Ende. König Stephan hatte vernommen, daß solch ein geistliches Schwergewicht sein Territorium zu durchqueren suchte, und war höchst interessiert: Er war auf der Suche nach einem Erzieher für seinen Sohn Emmerich.

Um 1033 bekam Gerardo die Stelle, die er gar nicht wollte. Er war ja auf dem Weg nach Jerusalem. Bald danach, 1035, wurde er zum Bischof von Csanád bestellt. Der Reiseplan war damit aufgegeben. Gerardo blieb, und er hatte große Erfolge in der Bekehrung der den Hunnen doch noch nahen Ungarn.

Aber nach König Stephans Tod begann das Blatt sich zu wenden. Die noch nicht bekehrten Teile des Volkes trachteten, den lästigen Moralprediger loszuwerden. Am 24. September 1046 starb Gerardo als Märtyrer. Man soll ihn von der Höhe des später nach ihm benannten Berges im Ofener Teil der heutigen Hauptstadt von Ungarn herabgestürzt haben. Der schon durch Lanzenstiche schwer Verwundete starb am Ufer der Donau.

Gerardo fand sein Grab in Csanád, das liegt bei Szeged. Er ist der Patron der Erzieher, aber vor allem – der Patron von Budapest. Sein Namen hat sich im Ungarischen in Gellért gewandelt, im Deutschen in Gerhard. Der Gellértberg von Ofen-Buda hieß noch um 1880 Gerhardsberg. Szent Gellért–San Gerardo kann man in Budapest wie in Venedig in idealisierter Darstellung sehen. Natürlich weiß kein Mensch, wie er tatsächlich ausgesehen hat, und das ist ja auch ganz und gar gleichgültig.

In Venedig trifft man San Gerardo an der Fassade der Kirche San Rocco. Er hat eine scharfe Nase, barocke Klerikertracht und kein Haar auf dem Kopf.

In Budapest hingegen sieht man San Gerardo, also Szent Gellért, hoch über der Stadt, auf dem eigenen Berg, neben dem berühmten Hotel, das seinen Namen trägt. Offenbar ist ein Wunder geschehen. Der Mann, der in Venedig von sensationeller Kahlheit ist, verfügt in Budapest über Wuschelkopf und Vollbart.

Sein Grab hat der heilige Gerhard also in Csanád, aber nur zum Teil. Denn auf Murano finden sich etliche Reliquien. Die Märtyrer Todaro, Marco, Gerardo haben für ihre Meinung, ihre Überzeugung, ihren Glauben gelitten. Aber auch ohne den Martertod kann man für seinen Glauben leiden, das hat Papst Pius VI. überdeutlich erfahren müssen.

Er war als Giovanni Angelo Conte Braschi im Jahre 1717 zur Welt gekommen. Zuerst war er Jurist, wurde mit 36 Jahren Priester und erlangte 1773 die Kardinalswürde. Zwei Jahre später wurde er zum Papst gewählt.

Damit hatte der Kardinal, der nun Pius VI. hieß, eine schwere Aufgabe übernommen. Die Aufklärung machte der Kirche große Probleme. Kaiser Joseph II. regierte nach dem Tod seiner Mutter Maria Theresia – sie war 1780 gestorben – alleine und ohne die von seiner Mutter geübte Rücksicht und Achtung gegenüber Papst und Kirche.

1782 entschloß sich der Heilige Vater zur weiten Reise nach Wien. Am 22. März wurde er von Joseph II. in der Nähe von Neunkirchen, südlich von Wien, willkommen geheißen. Die Szene ist in den Fresken der Vatikanischen Museen zu finden. Diesem ersten Treffen auf der Landstraße folgten noch viele weitere. Einen Monat lang blieb der Papst in Wien. Dann reiste er heim nach Rom, machte auch in Venedig Station, und hatte nichts erreicht. Joseph II. blieb bei seiner Politik.

Pius VI. sollte aber noch Schlimmeres erleben. Die Französische Revolution führte zum Konflikt mit dem Vatikan. Die Kirchenverfolgungen in Frankreich, die Behandlung des Klerus in den von Frankreich eroberten Gebieten in Italien, die Gewalt gegen den Kirchenstaat prägten die letzten Lebensjahre Pius VI. 1799 wurde er selbst zum Opfer. Die Franzosen nahmen ihn gefangen und brachten den alten Mann nach Valence. Dort, im Exil, ist er kurz darauf gestorben.

Das Konklave fand nicht in Rom statt, sondern in Venedig, in San Giorgio Maggiore. Bis März 1800 kämpften die Kardinäle um einen Nachfolger für Pius VI. Rechts vom Altarraum der Kirche führt eine Tür zur Cappella Superiore. Hier hat das Kardinalskollegium getagt. Im März 1800 konnte weißer Rauch aufsteigen: Barnaba Chiaramonti war zum Papst gewählt worden – Pius VII. In der Kapelle erinnert verschiedenes an ihn – ein Porträt, sein Kardinalshut.

Dieser Glanz des Konklaves blieb der letzte für lange Zeit. Schon 1797 hatte die gefallene Republik zusehen müssen, wie die französische Soldateska das Schiff des Dogen zerstörte und in Flammen aufgehen ließ.

Nach 1815 wurde das Kloster als österreichische Kaserne benützt, und diese Funktion behielt das ehrwürdige Gebäude auch nach 1866, als Venedig Teil des Königreichs Italien geworden war. Erst 1951 kam die Rettung. Graf Vittorio Cini erwarb die Insel und den Gebäudekomplex, und er ließ das heruntergekommene Kloster restaurieren, die Kirche Palladios, den Campanile, die Gärten, und er gründete auf

Der Blick auf San Giorgio Maggiore von der Piazzetta aus. Kolorierte Ansichtskarte, ca. 1890

der Insel die Fondazione Cini.Verschiedene Institute widmen sich hier dem Studium und dem Leben der Kultur Venedigs, im Gedenken an den früh verstorbenen Sohn Vittorio Cinis, Giorgio.

Wer die Insel besucht, Kirche und Kloster gesehen hat, wird nicht die Fahrt auf die Höhe des Campanile versäumen. Von hier hat man einen herrlichen Blick über die Lagune, einen ganz anderen als vom höheren Campanile von San Marco.

Bis zur Mitte des 20. Jahrhunderts war jeder Venezianer, waren alle Gäste, täglich einmal gezwungen, an San Giorgio Maggiore zu denken, auch wenn sie es vielleicht schon lange nicht mehr besucht hatten. Täglich zu Mittag wurde hier ein Kanonenschuß abgefeuert, Tradition aus einer Zeit, da man noch keine Armbanduhren kannte. Die Kanone ist nicht mehr zu hören, und keine venezianische Galeere zieht mit dem Ruf »Viva San Marco!« in den Kampf für die Königin der Meere.

Aber San Marco hat sich behauptet …

Die Foresti

Was sind Foresti? – E.M.Arndt – W.D.Howells, der amerikanische Konsul – Peggy Guggenheim – Ezra Pound – George Byron – Richard Wagner – Mozart Vater und Sohn – Anselm Feuerbach – George Sand und Alfred de

Foresti« ist venexian. Auf Hochitalienisch heißt das »foresteri« – also die Fremden. Aber ein Foresto bedeutet auch etwas anderes als ein forestero, da gibt es einen großen Unterschied.

Man kann nicht so einfach Venezianer werden, wie man, zum Beispiel, zur Wienerin oder zum Wiener werden kann. Doch jene ausländischen Mitbürger, die sich auf die Stadt einlassen, ihren Rhythmus übernehmen, sie nicht belehren, die freundlich sein können – die haben kein Problem. Und manche Foresti mit bedeutenden Namen haben sich in der Serenissima, für kürzere oder längere Zeit, niedergelassen.

Wenn man hierherkommt und meint, man müsse zuerst einmal kritisieren und das auch noch verkünden, darf man sich nicht wundern, wenn das Echo entsprechend ist.

Ernst Moritz Arndt hat bei seinem Besuch im Jahre 1798 kaum ein gutes Wort an der Stadt gelassen. Da ist von »Chaos« die Rede, er beschreibt »Lahme und Krüppel, ... schmutzige und zerrissene Wäsche«. Die Kanäle sind für Arndt »Dreckschlünde« und »Kloaken«, alles ist »mit Unrat recht italienisch besudelt«. Dabei hat Arndt die Stadt, in der er zu Gast ist, offenbar kaum kennengelernt. Er ist nicht einmal in der Lage, die Denkmäler richtig zu deuten. Er hält San Teodoro auf seiner Säule auf der Piazzetta für San Marco und bedauert das Fehlen eines richtigen Aussichtspunktes. Die beiden bedeutenden Campanili, jenen von San Giorgio und den von San Marco, muß er übersehen haben. Er wußte zwar die Frage zu beantworten »Was ist des Deutschen Vaterland?«, in Venedig aber hat er zu wenige Tage verbracht, als daß er sich darüber hätte äußern sollen.

Wenige Jahre zuvor war Johann Wolfgang Goethe am Ziel seiner Sehnsucht angekommen: Italien! Und hier vor allem Venedig, Rom, Neapel! Mit offenem Herzen und allumfassendem Interesse taucht er in die Serenissima, und wie ganz anders sind seine Reiseberichte.

Die Foresti, die mit ein wenig Vorbereitung und viel Neugier und Bereitschaft zum Erlebnis hierherkommen, waren noch nie enttäuscht. Viele von ihnen sind über lange Jahre geblieben, manche für den Rest ihres Lebens. Und viele von ihnen sind durch ihre Berichte berühmt geworden.

William Dean Howells war 24 Jahre alt, als er 1861 in Venedig ankam. Er mußte von Berufs wegen zum Foresto werden, denn er kam als Konsul der Regierung der Vereinigten Staaten. Sechs Jahre später veröffentlichte er sein Buch »Venetian Life«. Es wurde zu einem Erfolg für Jahrzehnte. Viele Details des täglichen Lebens findet man hier, fein beobachtete Schilderungen von Volkstypen, der Haushaltsführung, des venezianischen Jahresablaufs.

Seine zuerst in amerikanischen Zeitungen und Zeitschriften, später in Buchform veröffentlichten Reiseskizzen sind objektiv, nicht verletzend, von Liebe zu den Menschen in seiner Nachbarschaft geprägt:

»Ich will soviel wie möglich über das Alltagsleben eines Volkes berichten, dessen Gewohnheiten sich von den unseren wesentlich unterscheiden.« W. D. Howells hat dieses Alltagsleben mit großer Aufmerksamkeit beobachtet. Er macht sich am frühen Morgen auf den Weg und durchstreift die erwachende Stadt. Und er sieht die Stadt mit anderen Augen als der vorhin zitierte Ernst Moritz Arndt:

»In einem Hinterhof, neben einem schmutzigen Kanal, fällt Dir ein Haus auf, dessen eigenartige, mit Fresken geschmückte Fassade Dich zum Eintritt verlockt.«

Auch Howells konstatiert, daß der Kanal schmutzig ist, aber wie anders weiß er diese Beobachtung einzuordnen. Er hat noch das Glück, die vielen verschiedenen Berufe und ihre Kaufrufe kennenzulernen, er notiert sie und erhält sie so der Mitwelt und der Nachwelt: »Melonen mit feurigem Herzen! Birnen voll von Saft, in denen euer Bart baden kann! Dicke Kastanien – gut zubereitet!«

Ein Holzhändler gerät in den Verdacht, stark überhöhte Preise zu fordern. Der Herr Konsul macht den Großhändler ausfindig und beschließt, den Zwischenhandel zu umgehen. Das Schiff des Kapitäns, der mit dem für Heizung und Küche gedachten Holz ankommt, hat an der Ostseite der Giudecca angelegt, »beim Zollhaus«. Wer von San Marco heute dort hinüberschaut, bemerkt, daß auch jetzt der Platz dem Zoll gehört. Dort, bei der Kaserne Tomaso Mocenigo, liegen die grauen Zollschiffe. Und dorthin ließ Howellls sich also rudern, verhandelte, wurde hereingelegt, kehrte reumütig zurück, kaufte künftig wieder beim listenreichen Zwischenhändler – und gab seinen Fehler schriftlich zu.

W. D. Howells, Schriftsteller und US-Konsul in Venedig 1861–1865

Sogar für seine Haushälterin mit ihrer Neigung zur Unpünktlichkeit und zur Versorgung bedürftiger Verwandter im Rahmen des täglichen Einkaufs für den Howellschen Haushalt, mit ihren eigenwilligen wöchentlichen Abrechnungen, findet er noch Verständnis.

Das Buch wird zum Hauptwerk des Schriftstellers William Dean Howells. Immer wieder überarbeitet, erlebt es jahrzehntelang Neuauflagen. Von der Leserschaft begeistert aufgenommen, erfreut es sich auch guter Kritiken, selbst von Seiten berühmter Kollegen, wie etwa von Henry James. Und ganz sicher werden die Jahre in Venedig immer wieder Gesprächsstoff mit dem engen Freund Mark Twain geboten haben, der zwar keinen so langen Zeitraum in der Stadt verlebt hat, aber dennoch eine Reihe intensiver Beobachtungen gemacht und beschrieben hat.

Nicht alle Landsleute von Howells und Twain erhielten sich so gute Erinnerungen an die Wunderstadt. James Fenimore Cooper hatte in den zwanziger Jahren des 19. Jahrhunderts Venedig besucht. Er klagte über die Langeweile, über die fehlende Geselligkeit. Und für Henry James war Venedig »ein riesiges Museum, eng und überfüllt«.

Einhundert Jahre später hat eine Amerikanerin dem klein gewordenen, ganz und gar veränderten Venedig zu neuem weltweiten Ruhm auf dem Gebiet der modernen bildenden Kunst verholfen: Peggy Guggenheim. Die Sensibilität, mit der sie die Atmosphäre Venedigs schildert, erklärt die wachsende Abhängigkeit von ihrer Wahlheimatstadt. In ihren Memoiren erzählt sie:

»Unwiderstehlich wird man angelockt, wie durch Zauberei. Auch die Venezianer vergöttern ihre Stadt. Seufzend beteuern sie immer wieder ihre unsterbliche, leidenschaftliche Liebe zu Venedig.«

1946 ist Peggy Guggenheim nach Venedig gekommen, nicht zum ersten Mal. Aber dieses Mal sollte es eine Ankunft für immer werden. Schnell fand sie heraus, wer hier etwas von bildender Kunst verstand. Der Avantgardemaler Emilio Vedova, der Architekt Carlo Scarpa, Graf Elio Zorzi wurden ihre ersten wichtigen Kontaktleute in der Stadt und bei der Biennale. Der Leiter der Biennale, Rodolfo Pallucchini, war kein Kenner der Moderne, er war ein Verehrer der italienischen Renaissance, aber auch mit ihm pflegte sie vom Tag des Kennenlernens an engen Kontakt. Nach diesen ersten Begegnungen, nach der Präsentation eines kleinen Teils ihrer berühmten Kunstsammlung im eigenen Biennale-Pavillon war es um Peggy Guggenheim geschehen. Die Serenissima war ihr zur Heimat geworden. Und sie selbst wurde zum Inbegriff einer »foresta«.

1949 erwarb sie den 200 Jahre alten Palazzo Venier dei Leoni. Im Garten hatte die Familie Venier, die auf zwei Dogen aus ihrer Ahnenreihe stolz sein durfte, um 1750 Löwen gehalten, daher kam der Name. Das Gebäude wäre riesengroß geworden, hätte es jemals seine Vollendung erlebt. Aber es war beim Erdgeschoß geblieben. Nach den Venier hatte die Dichterin Luisa Casati den Torsopalast bewohnt, hatte die russische Ballett-Kolonie mit dem großen Serge Diaghilev in ihren Räumen gefeiert, und sie hatte sich zwar nicht Löwen, doch immerhin Leoparden zu Hausgenossen gemacht. Zu den späteren Bewohnern dieses Palazzo zählte die Filmlegende Douglas Fairbanks jr.

»Die Spiegelbilder im Canal Grande gleichen Gemälden, noch schöner als die Werke großer Meister ... Um das vergangene Venedig wiederzuerwecken, muß man den Canal Grande mit seinen aufdringlichen Touristenströmen meiden, diese Verführung der Zeiten, und durch die schmalen, finsteren Kanäle fahren ...« Und später heißt es in dieser meisterlichen Schilderung der großen Sammlerin aus New York:

»Nie war ich in einer Stadt, die mir ein so machtvolles Gefühl der Freiheit vermittelt hätte wie Venedig ... Hier kann man fast alles tragen, ohne lächerlich zu wirken. Im Gegenteil, je extravaganter man aussieht, desto harmonischer fügt man sich ins Gesamtbild der Stadt ein ...«

In den sechziger Jahren wurde hier eine Produktion für eine deutsche Fernsehanstalt gedreht, eine Filmversion der Operette »Eine Nacht in Venedig« von Johann Strauß. Der Darsteller des Senators Dellacqua war Carl Dönch, und er hatte einmal seinen persönlichen Drehschluß lange vor dem der Kollegen erlebt. Warten? Nein, das war langweilig, also machte er sich alleine auf den Weg ins Hotel und – er verirrte sich. Stunden später kam er endlich in seinem Hotel an

– und war ganz und gar verwundert, daß man ihn nicht angesprochen, ihm nicht Hilfe angeboten hatte, obwohl er doch das purpurfarbene Kostüm des Senators getragen und somit einen absolut ungewöhnlichen Anblick geboten hatte. Auch der italienische Schauspieler Nicola Filipelli war enttäuscht, da sich wirklich niemand dafür interessierte, wenn er allmorgendlich in Kostüm und Maske des Giacomo Casanova vom Hotel zum Drehort mit öffentlichem Verkehrsmittel fuhr …

Die Bemerkung über die große Freiheit in Venedig ist nur eine der vielen richtigen über das Leben in der Serenissima. Peggy Guggenheim hat diese Beziehung wohl schon in ihrem Blut gehabt. Ihre europäische Herkunft hat ihr das Verständnis der alten Kulturstadt nahegebracht, und sie war nicht die erste berühmte Wahlvenezianerin.

Der Palazzo Balbi, an der Ecke Canal Grande – Rio nuovo, trägt in den Reiseführern der Jahrhundertwende den Namen Balbi–Guggenheim. Eine Stelle im Tagebuch der Cosima Wagner erzählt von einer Bemerkung des Gatten, der sich am 30. Jänner 1883 beim Mittagessen mit seinem Freund Paul von Joukowsky über verschiedene venezianische Themen unterhält. Joukowsky »ereifert sich gegen die Vaporetti« und Richard Wagner antwortet, damit könne er sich nicht beschäftigen, »da sie zu dem Ganzen unserer heutigen Welt gehörten«. In diesem Zusammenhang erwähnt er einen Wohltäter der Serenissima mit Namen Guggenheim.

Damit meint Wagner den aus der Schweiz, aus Lengnau, in die USA ausgewanderten Meyer Guggenheim. Sein Sohn Daniel Guggenheim, ein Onkel der Peggy Guggenheim, war ein Mäzen wie sein Vater, und er begründete die Daniel und Florence Guggenheim-Foundation. Die steinerne Tafel, die im Museo Correr den Förderern dankt, nennt den Namen Michele Guggenheim.

»Der Markusplatz zu Venedig«, ein kompletter Guckkasten von Johann Martin Engelbrecht, ca. 1740. 7 Lithographien mit Ausschnitten in einem Holzrahmen

Der berühmteste Foresto aus den Vereinigten Staaten in den Jahren nach dem Zweiten Weltkrieg war neben der Guggenheim der Dichter Ezra Pound. Er bewohnte das Haus Dorsoduro Nr. 252, Calle Querini. Die Stadt Venedig hat ihm nach seinem Tod eine Gedenktafel gewidmet, an seinem Wohnhaus: »In niemals erlöschender Liebe zu Venedig hat Ezra Pound, Titan der Dichtkunst, dieses Haus ein halbes Jahrhundert lang bewohnt.«

In Idaho ist der Dichter 1885 zur Welt gekommen. An der Universität von Pennsylvania hat er Vergleichende Literatur studiert, mit

21 Jahren seinen Abschluß gemacht und bald danach die Vereinigten Staaten verlassen. Er schiffte sich auf einem Schiff für Viehtransporte ein, kam in Gibraltar an und ging zu Fuß quer durch Südeuropa bis Venedig. 1909 zog er weiter nach London, 1920 nach Paris, 1924 nach Rapallo. Während des Zweiten Weltkriegs kämpft er im italienischen Radio immer wieder mit heftigen Worten gegen die USA – und das Imperium schlägt zurück. Er wird bei Pisa in ein Lager gesperrt, dort schreibt er die »Canti pisani«. Er wird in die USA gebracht, dort macht man ihm in Washington den Hochverratsprozeß. Dieser endet mit der Einweisung in das St. Elizabeth-Hospital in Washington, wo er bis zur Heilung von seiner im Prozeß konstatierten geistigen Störung bleiben muß. 1959 kommt er frei, läßt sich in Venedig nieder und stirbt dort im Jahre 1972.

Viele Foresti mit berühmten Namen finden sich in der Chronik der Serenissima. Jeder Gondoliere weist den Fahrgast auf Lord Byron hin, und man spürt den Hauch der Geschichte und der Literaturgeschichte, auch wenn man keine Zeile des berühmten Engländers gelesen hat.

Byron kam als Dreißigjähriger nach Venedig. Er hat zwischen 1816 und 1819 viel Zeit in Venedig verbracht, die Tafel am Palazzo Mocenigo am Canal Grande erzählt von seinem Aufenthalt in den Jahren 1818 und 1819.

Venezia – cento anni fa' … Die Stadt war voll von dieser Verheißung, diesen Plakaten: »Venedig – vor hundert Jahren …«

Das war im Jänner 1983. Die Plakate haben ein Fest für Richard Wagner angekündigt, der in Venedig gestorben ist, am 13.2.1883 im Palazzo Vendramin Calergi. Und auf den Tag genau, 100 Jahre später, sollte nun Wagners gedacht werden, alla veneziana und in der Kleidung von 1883. Das war für die beiden Reisenden aus Wien ein Problem, die des Karnevals wegen, der noch nicht die touristisch-orgiastischen Formen des heutigen angenommen hatte, nach Venedig gekommen waren – ein Maler und ein Regisseur.

Unvorbereitet zogen sie sich also an wie immer, was nicht besonders auffiel. Wer mitfeiern wollte – cento anni fa' … – spazierte zum Campo San Polo, dort wurde Wagners Todestag begangen, inmitten des Karnevals, der sich gerade neu zu definieren begann, zum Fest für Fremde wurde, und der diese Gelegenheit zu nützen gedachte, Wagnern nicht teutonisch, nicht heroisch zu feiern, doch alla veneziana, und mit großem Aufwand, mit Achtung und Begeisterung – und mit Humor.

Da kamen nun also viele Menschen mit bodenlangen Kleidern, im Gehrock, im schwarzen Mantel. Sie trugen Uniform, Capes, Spazierstöcke, Zylinder … Der abendliche Corso wurde plötzlich unterbrochen – ferne Musik war zu hören, ungewöhnliche Musik. Nicht Celentano und nicht Vivaldi und nicht Folklore – und auch nicht Wagner. Oder doch? Der Klang kam näher. Musik von Richard Wagner – gespielt von einer sehr kleinen Blaskapelle, »Siegfrieds Tod« in sehr mutigem Arrangement.

Der Maler und der Regisseur, ereignisverwöhnt, alle beide auch bereit und in der Lage, prunkvolle Buchpräsentationen, feenhafte Premierenfeiern oder glanzvolle Feste zu gestalten, wurden noch neugieriger.

Und sie wurden nicht enttäuscht. Da kam eine Gruppe kräftiger junger Frauen, Helme auf den blondbezopften Köpfen, sie trugen einen Sarg. In diesem Sarg lag ein schwarzgekleideter Herr mit Backenbart – Richard Wagner in persona, beinahe in persona. Langsam, im Takt von »Siegfrieds Tod«, schritten sie über den Campo auf das große Podest zu, das am Rande des Platzes errichtet war. Dorthin stellte man den Toten, cento anni dopo seinem Tod, und rund um Podium und Sarg begann nun ein Musikfest.

Richard Wagner in den letzten Monaten seines Leben.
Foto-Studio Joseph Alberts, 1882

Auf diese Weise bedankte sich Venedig bei einem Genie, das ihm die Ehre der letzten Monate seines Lebens gegeben hatte, einem Menschen, der sich das tiefere Verständnis für die Stadt nach ersten, enttäuschend verlaufenen Begegnungen regelrecht erarbeitet hatte. Dieses Verständnis gedieh so weit, daß der sprachbesessene Wagner Pointen auf Italienisch zu setzen vermochte.

Cosima Wagner schreibt in ihrem Tagebuch, zwei Tage bevor es mit dem Tod des Meisters abbricht, R. (= Richard) habe sich gefreut, daß der Barbier ihm ein Kompliment für eine italienische humorvolle Bemerkung gemacht habe. Ein ähnliches Lob, wieder aus dem Munde des Barbiers, wird am nächsten Tag erwähnt. Richard Wagner hatte den warmen Frühlingsregen eine »piova fruttuosa« genannt, was halb Dialekt ist und »fruchtbringenden Regen« meint.

Andere Foresti als Wagner waren viel länger hier, konnten der Lagunenstadt nicht ebensoviel abgewinnen und sitzen doch ganz tief im Gedächtnis ihrer Bewohner. Und mancher Besucher verhält sich ganz anders, als man es erwartet hätte.

Korfiz Holm erzählt, um 1930, er sei verwundert gewesen über eine Äußerung Frank Wedekinds. Der war enttäuscht von der Serenissima, denn sie hätte so »ungepflegte Häuser« und kein so »lebendiges Straßenbild wie Paris« ...

Von Wolfgang Amadeus Mozart kann man nicht sagen, er wäre ein foresto gewesen, dazu war er zu kurz in der Stadt. Er kam mit seinem Vater am 11. Februar, am Faschingsmontag 1771, nach Venedig, und blieb bis zum 12. März. Leopold, der Vater, berichtet in langen Briefen an Frau und Tochter, was im Alltag der Herren Mozart auf ihrer italienischen Reise geschieht, und er berichtet am 20. Februar:

»Wir sind schon bald in den gondoln gefahren. die ersten täge bewegte sich im schlafe das ganze Bett, und ich glaubte immer ich wäre in der gondola.«

Vater und Sohn Mozart wurden von der musikbegeisterten Serenissima in der erwarteten Weise aufgenommen. Sie waren Mittagsgäste im Palazzo Corner, im Palazzo Dolfin, beim Patriarchen.

»Wir werden kommende woche meistens bey die Nobili speisen«, meldet Leopold Mozart nach Salzburg. »Wir sind Gott lob gesund, immer bald da, bald dort eingeladen, folglich haben wir beständig die gondolen der Herrschaften vor unserem Hause, und fahren täglich auf dem Canal grande. wir werden um 8 täge später aus Venedig wegkommen, als ich geglaubt ...«

Am 6. März meldet der stolze Vater Mozart: »... es ist schade, daß wir uns nicht länger hier aufhalten können, indem wir mit der ganzen Nobleße genaue Bekanntschaft gemacht, und aller Orten in Gesellschaft, bey tafeln, kurz bey allen Gelegenheiten so mit Ehren überhäuft werden, daß man uns nicht nur durch dem Secretaire vom Hauß in der gondola abhohlen und nach Hause begleiten lässt, sondern oft der Nobile selbst mit uns nach Hause fährt, und zwar von den ersten Häusern, als Cornero, Grimani, Mocenigo, Dolfin, Valier &c;..« In der langen Liste, die sich Leopold Mozart in seinen Reisenotizen dieser Wochen macht, finden sich neben den erwähnten noch andere interessante Namen von Damen und Herren der Gesellschaft – wie der Graf Durazzo. Ihn treffen wir in jenem Kapitel dieses Buches, das Casanova gewidmet ist.

Die Mozarts haben einige Wochen lang in Venedig gewohnt, als Geschäftsreisende, waren also keine wirklichen Foresti. Um diesen Ehrentitel zu erlangen, muß man länger hier bleiben, die Lust zu bleiben auch zeigen, den Pulsschlag der Serenissima übernehmen.

Anselm Feuerbach hat das getan. In Speyer 1829 geboren, hat er in Düsseldorf, dann in München, schließlich in Antwerpen ein Kunststudium absolviert. Danach zog er nach Paris, lernte bei Couture, der auch Manet unterrichtet hat. 1856 kommt er nach Venedig, reist aber weiter nach Rom, wo er bleibt. Erst viele Jahre später, 1873, verließ er Italien. Er folgte dem Ruf nach Wien, an die Kunstakademie. Der romantische, nicht den Forderungen der Mode folgende Maler findet nicht das erhoffte Echo. 1876 verläßt er Wien und zieht nach Venedig, krank, bitter. 1880 stirbt er in der Lagunenstadt. Die Gedenktafel am Sterbehaus in der Calle Larga, an der Mauer des Hotels Luna, im Sestiere San Marco, gedenkt seines Kummers: »... einsam und verkannt, ein Großer im Reiche der Kunst ...«

Man wird zum Foresto veneziano, weil man sich, melancholisch und trostbedürftig, in die verwinkelte Schönheit verkriechen möchte, das aus dem Dunkel plötzlich fernleuchtende Licht des Heiligenbilds am nächsten Campiello ersehnt, dem vorbeigleitenden Segler nachträumen will. Oder man wird zum Foresto, weil man es sich leisten kann, gut zu leben und wo man eben will. Dieser Fall – Paradebeispiel Peggy Guggenheim – ist gar nicht selten. Es läßt sich hier auch ohne private Gondel froh sein.

In vielen dieser wehmütigen oder frohen Geschichten spielt die Liebe, oder was man dafür hält, eine Hauptrolle. Aber Venedig ist gar nicht geeignet als Fonds für Liebesgeschichten, die Serenissima selbst ist Braut oder Bräutigam und anderes tritt in den Hintergrund.

Als George Sand und Alfred de Musset sich entschlossen hatten, für einige Zeit nach Venedig zu reisen, konnten sie nicht wissen, ob nicht aus einem für Wochen gedachten Aufenthalt ein sehr langer werden würde, ob sie sich nicht in die Liste der großen Foresti einreihen würden.

Es kam nicht dazu. Die Liebe hat ihnen einen Streich gespielt. Dennoch sollen sie hier erwähnt sein, als Beispiel für mißglückte Liebesgeschichten in Venedig, und weil man in Hinkunft auch noch an diese Geschichte denken kann, spaziert man über den Ponte Paglia die Riva degli Schiavoni entlang.

Musset, ein begeisterter Verehrer George Byrons, war, wie dieser, ein Mensch von Anmut, wirkte anziehend, kleidete sich etwas stutzerhaft, ahmte den Bewunderten auch als Dichter nach. Im Sommer 1833 war aus der Begegnung mit George Sand eine ernste Beziehung entstanden. Im Herbst dieses Jahres reiste das Liebespaar nach Venedig.

Hier war Musset wieder im Kielwasser Byrons, und er lebte mit der geliebten Frau im ersten Hotel der Stadt – im Danieli. Das Hotel Danieli war, aus dem Palazzo Dandolo hervorgegangen, 1822 gegründet worden und wurde zum Aufenthalt für die vornehmsten Gäste Venedigs. Hier war Alfred de Musset nun glücklich.

Aber nicht lange, denn er wurde krank. Eine Gehirnentzündung zwang ihn ins Bett im Zimmer Nr. 15 in der Galerie des Hotels. Die

Geliebte pflegte ihn mit großer Hingabe. Der Arzt Dr. Pagello, jung und schön, kümmerte sich zuerst vor allem um den kranken Alfred de Musset, bald aber mehr um die gesunde George oder eigentlich um Aurore, denn das war ja ihr wirklicher Vorname.

Bis April blieb Musset in Venedig, dann kehrte er tieftraurig und immer noch krank in den Schutz seiner Familie nach Paris zurück. Der schöne Pagello erfreute sich auch nicht lange der Morgenröte der Liebe – Aurore reiste weiter als ein erotischer Komet, eine bis heute eindrucksvolle Spur hinterlassend.

Ein Foresto soll noch genannt werden, ein Paradefall der glücklichen Sorte.

In frühen Jahren nach Venedig gekommen, unter beruhigenden pekuniären Umständen, stand er am Beginn eines strahlenden Lebenswegs: Mariano Fortuny y Madrazo.

Zur Welt kam er 1861 in Granada. Sein Vater war Maler, ebenso sein Großvater und auch der Bruder seiner Mutter. Mariano senior hatte schon sehr früh großen Erfolg, starb jedoch schon mit nur 36 Jahren. Er hatte seine spanische Heimat verlassen, war mit seiner Familie nach Rom übersiedelt, und von dort zog nun die Witwe weiter. In Venedig erwarben die Fortunys einen Palazzo aus dem Besitz der alten Patrizierfamilie Pesaro am Campo San Beneto.

Mariano folgte der Familientradition und wurde Maler. Doch er erweiterte den Blick auf diesen Beruf, wie ihn die Familie bisher begriffen hatte. Er wurde Gestalter – nicht nur von Bildern, auch von Bühnenbildern, von Kleidern, er ersann neue Arten von Stoffen für diese Kleider, erfand Methoden, um diese neuen Stoffe auf neue Weise zu bedrucken, er fotografierte, und er war ein begnadeter Sammler. Er war im Besitze von 22 Patenten, in Paris hatte er sie angemeldet, und dort besaß er auch ein eigenes Geschäft für seine Erzeugnisse.

Mariano Fortuny muß die Menschen geliebt haben. Was immer an Zeugnissen von ihm zu finden ist, es strahlt eine starke, ruhige Sympathie aus. Da wird eine neue Bühnenbeleuchtung eingeführt, hier eine schöne Dame porträtiert und durch ein herrliches Kleid noch schöner. Und Fortunys Freundeskreis spricht für diese Annahme, für eine »amore universale«, die allgemeine Menschenliebe. Er war befreundet mit Gabriele d'Annunzio, mit Hugo von Hofmannsthal, mit Marcel Proust, mit Eleonore Duse.

Die große Schauspielerin lernte er 1901 kennen. Wann immer sie in den Jahren danach Venedig besuchte, galt ihr Besuch auch dem Ehepaar Mariano und Henriette Fortuny. Das muß der Duse viel bedeutet haben, war doch Venedig der weltberühmten unglückseligen Liebe zu Gabriele d'Annunzio wegen für sie eine permanente Erinnerung an traurige Tage geworden.

Die Duse wurde zum Mannequin für Fortunys Kleider. Er hatte, inspiriert von Darstellungen aus der Antike, von Gewändern aus Kreta und Mykene, einen eigenen, unverwechselbaren Stil entwickelt. Die Damen der Gesellschaft verliebten sich in diesen Stil, machten ihn zum Welterfolg. Ladies, Theaterstars, Fürstinnen ließen sich in den Kreationen Fortunys fotografieren und erhöhten den Ruhm und den geschäftlichen Effekt – die Duse, Lady Bonham-Carter, Peggy Guggenheim, Dolores del Rio und in unseren Tagen Lauren Hutton, Julie Christie, Geraldine Chaplin.

Der Palazzo Pesaro degli Orfei, nunmehr der Palazzo Fortuny, wurde zum mondänen Treffpunkt, zum Theaterlabor, zum Privatmuseum. Wer schon um 1970 das Glück hatte, ihn zu entdecken, traf noch weitgehend Fortunys Welt an. Das war nur möglich, weil Henriette Fortuny im Gedenken an ihren Gatten, der 1949 starb, der Stadt im Jahre 1957 diese »patrizia dimora«, wie es auf der Widmungstafel heißt, geschenkt hat, diesen »patrizischen Ort des Verweilens.« Und selbst diese Inschrift strahlt die menschliche Qualität der Fortunys aus – da heißt es, die Schenkung durch Henriette Fortuny sei erfolgt »per amor di Venezia restaurata illuminata dall'arte e dalla bontà«, 1957 wurde der Stein gesetzt: »aus Liebe zum wiedererstandenen Venedig, erfüllt von Kunst und Güte«.

Diese Güte und stiller weiser Humor prägen alle Porträts Mariano Fortunys, die gemalten und die fotografierten, die inszenierten und die zufälligen. Der Sammler Fortuny hat Stoffe des späten Mittelalters und der Renaissance, Leuchten aus dem Orient, Möbel, wertvolle Fotografien – das Archiv des Hauses besitzt mehr als zehntausend –, Tapisserien, getriebene Kürasse, runde türkische Schilde in seinem Palazzo versammelt, hat sie zu Stilleben arrangiert, diese wieder als Maler und als Fotograf verewigt und auf solche Weise einen richtigen Schatz hinterlassen.

Die Stadt dankt es ihm mit der lebendigen Erhaltung seines Museums. Und auch das private Venedig dankt es ihm. Wer sich Fortuny nähern will, seinen Lebensstil ahnen will, kann das durch den Besuch des Palazzo im Sestiere San Marco 3957, Campo San Beneto.

Und man kann es auch auf andere Weise: Seit den letzten Jahren des 20. Jahrhunderts gibt es eine Firma, die auf der Giudecca vieles von dem erzeugt und in mehreren Geschäften in der Stadt anbietet, was Mariano Fortuny y Madrazo ersonnen hat – schöne Pölster, Decken, Shawls, Stehlampen, Ampeln. Dann hat man ein Stück Venedig in seiner direkten Umgebung, und das von einem Manne, in dessen Namen jener der Göttin Fortuna verborgen ist. Und man wird selber, auch in der Ferne, der Serenissima etwas näher sein, bevor man sich vielleicht eines Tages selbst endgültig zum Foresto wandelt, weil man es nicht mehr erträgt, immer wieder zum Abschied »Bon di, cara Venezia« sagen zu müssen …

Bon di, cara Venezia …

Ein Nachwort

So viele Venezianer treibt es in die Welt, und sie alle wollen unbedingt wieder zurück, sind Weltbürger und weltoffen und heimwehkrank – Daniele Manin, Marco Polo, Giacomo Casanova, Wolf-Ferrari, mein Friseur Piero. Als Kind war er mit seinen Eltern nach Venezuela, in das »kleine Venedig«, ausgewandert. Und weil er immer und immer gehört hat, wie schön es zuhause war, ist er mit 30 Jahren zurückgekehrt.

Goldoni ist in Paris gestorben, Vivaldi in Wien. Nach Jahren des Reisens kam der venezianische Komponist Ermanno Wolf-Ferrari heim. Er ist in Venedig zur Welt gekommen, in Dorsoduro, Fondamenta del Squero Nr. 3080, am 12.1.1876. Der Gedenkstein an diesem Haus nennt ihn »Buono, saggio, sereno«, also – gut, wissend, freundlich. Und der Stein sagt uns weiter »Come il suo Goldoni / come la gente veneziana«. So stellt der Autor – er hieß Mario Ghisalberti und war Wolf-Ferraris Librettist – den Komponisten, den großen venezianischen Dichter und das Volk von Venedig in engen Zusammenhang, und wählt das Adjektiv »sereno«, was man mit freundlich, heiter, klar, hell übersetzen kann. Die dritte Steigerungsstufe »serenissimo« hat einen Bedeutungswandel erfahren, wurde für »durchlauchtigst« verwendet.

So wäre also die Serenissima, die »Durchlauchtigste«, ein Rang, den sie sich sehr wohl stets zugestanden hat. Doch den könnte Rom, die »Eterna«, ihr streitig machen. Wenn man sich aber für den ursprünglichen Sinn entscheidet, dann wird Venedig zur »Allerheitersten«, und das wird man diesem Wunder nicht absprechen können.

Ermanno Wolf-Ferrari kam im Jahr 1947 nach Hause. Nun wohnte er im Sestiere San Marco, im Palazzo Malipiero. Dort ist der Komponist am 21.1.1948 gestorben.

Zuletzt hat er an einem sinfonischen Werk gearbeitet: »Le campane di Venezia«, Venedigs Kirchenglocken. Und die Fama sagt, man habe ihn bei der Arbeit gefunden, die Partitur auf den Knien, die Feder in der Hand. Das letzte Wort, das Ermanno Wolf-Ferrari in seinem Leben geschrieben habe, sei gewesen »spegnendosi« …«im Verlöschen«.

Die Totengondel nahm wenige Tage später den üblichen Weg durch die Kanäle. Als sie bei den Fondamenta Nuove ankam, als der tote Musiker seine Stadt zum letzten Mal verließ, kam Bewegung in die Menge, die ihn erwartete. Und über die Köpfe der Menschen erhob sich, gesungen von den Venezianern, jene Melodie, die Ermanno Wolf-Ferrari seiner Stadt und ihren Menschen geschenkt hat: »Bon di, Venezia cara, Bon di, Venezia mia …«

Mit ihr schließt die Oper »Il Campiello«, die aus einem der schönsten Werke Goldonis gewachsen ist. Mit diesem Liebeslied für eine Siedlung schaukelte das Schiff zum Friedhof von San Michele, begleitet von der Liebe und der Trauer der Menschen.

Wenn man das Grab besuchen will und den Friedhofsgärtner nach dem Weg fragt, wird er nicht nachschlagen müssen. Man kennt hier die letzten Wohnorte der Großen, die sich diesen letzten Wunsch erfüllen ließen.

Beim Haupteingang des Friedhofs wird man an den bedeutenden österreichischen Physiker und Mathematiker Christian Doppler erinnert. Er ist in Salzburg geboren, in Venedig ist er 1853 gestorben, im »Doppler-Effekt« lebt er weiter.

Im orthodoxen Teil des Friedhofs kann man das Grab von Serge Diaghilev besuchen. Wann immer man das tut, man findet das Grab geschmückt. Der legendäre Choreograph zieht viele Besucher an – sie bringen rote Rosen, Buketts in zarten Farben, ihre Ballettschuhe.

Neben ihm liegt der Komponist, dessen Name dem seinen eng durch eine lange Reihe großer Balletterfolge verbunden ist: Igor Strawinsky, und ein Grab weiter Strawinskys Ehefrau Vera.

Die Spaziergänger, die Friedhofsbesucher finden hier noch viele berühmte Namen, weltberühmte wie jenen von Ezra Pound, in Venedig berühmte wie Falier, Morosini, Michiel, Pisani, Bembo.

Die weiten, von zahllosen Blumen belebten Felder, die aus einiger Entfernung gar nicht mehr wie ein Friedhof wirken; die Abtei-

Die Totengondel. Foto-Studio Zorzetto, ca. 1875

lung für Priester und Nonnen, die Gräbergruppe der Soldaten mit den vielen Marineuren ... sogar der Friedhof ist hier ein bißchen anders.

Eine Art Abschied, die Fahrt nach San Michele, für immer ... Richard Wagner, der in Venedig gestorben ist, fuhr in die Gegenrichtung, vom Palazzo Vendramin-Calergi zum Bahnhof. Gabriele d'Annunzio könnte dabei gewesen sein, mit einer intensiven Beschreibung dieses letzten venezianischen Weges Richard Wagners endet sein Roman »Fuoco«. Und vom Bahnhof Santa Lucia wurde der Sarg nach Bayreuth gebracht.

Viele Menschen, die meisten, wählen den Weg nach Venedig, aus Venedig mit dem Zug. Da hat man eine Galgenfrist bis zum Abschied, entweder den Weg im Boot über den Canal Grande oder zu Fuß, quer durch die Sestieri Santa Croce, San Polo oder den Canal Grande entlang durch Cannaregio. Ob zu Wasser oder zu Fuß, man verabschiedet sich jedenfalls im venezianischen Tempo. Was gegen den Rhythmus, gegen das Tempo der Serenissima geht, ist fehl am Platz. Das Tempo ist bestimmt vom Wasser. Auch wenn dieses Wassertempo, Ebbe und Flut, Auf und Ab, durch Malamocco und Marghera gestört, ja ruiniert ist – der Rhythmus hat die Inselstadt geprägt, ihren Stil.

Deshalb sind über Calli und Campielli hetzende Reisegruppen so unfreiwillig komisch.

Die Hektik im Schloß ist nur brauchbar, wenn im Märchen Ungewöhnliches geschieht, wenn König Drosselbart einreitet, Aschenbrödel davon- und der Prinz ihm nachläuft. Der schloßgewordene Stadttraum Venedig verlangt Würde und wird zum Prüfstein, zur Schule, zur Chance.

Venedig macht freundlich. Das ist ein Charakterzug seiner Bewohner. Das mag damit zusammenhängen, daß die Stadt von der Katastrophe des Straßenverkehrs verschont wird, hat ganz gewiß eine Ursache im Rhythmus des Wassers. Und wo immer man auch geht, es wird nicht langweilig.

Und so wird man süchtig. Und kommt immer wieder, oder bleibt vielleicht endlich …

Bon di!

Zeittafel

452 Aquileja wird von den Hunnen unter Attila zerstört.

553 Das Reich der Ostgoten in Italien, zu dem Venetien gehört, wird eine Provinz des oströmischen Kaiserreichs.

568 Die Langobarden unter Alboin erobern Aquileja. Die Bewohner des Festlandes ziehen sich in die Lagune zurück.

697 Nach der Darstellung des Dogen Andrea Dandolo, der im 14. Jahrhundert eine Geschichte Venedigs verfaßt hat, haben das Volk und der Adel aller Teile der Lagune den ersten Dux, also den ersten Dogen, in diesem Jahr gewählt. Das Datum ist, wie der Bericht, umstritten.

726 Die Veneter erheben sich gegen die Herrschaft von Byzanz. Orso Ipato wird Doge.

774 Karl der Große macht das Langobardenreich zur fränkischen Provinz.

811 Rialto wird zum Sitz des Dogen Agnello Partecipazio. Formell untersteht Venetien immer noch Byzanz.

828 Die Reliquie des heiligen Markus wird aus Alexandria geraubt und nach Rialto gebracht.

836 Die Kirche von San Marco wird zur Kapelle des Dogen.

959 Beginn der Herrschaft des Dogen Pietro Candiano IV., der rücksichtslose Familienpolitik betreibt.

979 Der Doge Vitale Candiano stirbt in den Flammen des Dogenpalastes, den das Volk angezündet hat. Die Kirche von San Marco fällt dem Brand zum Opfer.

991–1008 Pietro Orseolo II. festigt die Herrschaft Venedigs in der Adria. Seine Söhne werden in von der Politik bestimmten Hochzeiten mit dem oströmischen und dem römisch-deutschen Kaisertum verbunden. Der Sieg über die Piraten wird zum Anlaß der Begründung einer der wichtigsten Feiern der Serenissima, der rituellen alljährlichen Vermählung des Dogen mit dem Meer, der Sensa.

1071–1084 Der Doge Domenico Selvo unterliegt im Kampf gegen die Normannen. Ein Aufstand zwingt ihn zum Rücktritt. Sein Nachfolger Vitale Falier führt diesen Kampf weiter.

1149 Venedig erringt im Kampf gegen die Normannen die Hoheit über die Adria.

1192 Enrico Dandolo wird zum Dogen gewählt.

1204 Ein Kreuzfahrerheer erobert und plündert Byzanz, sein Führer ist der Doge Enrico Dandolo. Venedig annektiert fast die Hälfte des oströmischen Kaiserreichs. Die Quadriga wird von Byzanz nach Venedig gebracht – die vier Pferde werden über dem Portal der Basilica aufgestellt.

1277 Die Zecca, die Münzproduktionsstätte, wird errichtet.

1297 Die neue Verfassung der Serenissima führt zu einer neuen Staatsform, der Adelsrepublik. Das Bürgertum ist ab nun fast ganz von der politischen Macht ausgeschlossen.

1310 Der Aufstand der Familien Querini und Tiepolo wird niedergeschlagen.

1355 Der Doge Marino Falier wird wegen des Vorwurfs des Verrats der Verfassung hingerichtet.

1400–1423 Unter den Dogen Michele Steno und Tommaso Mocenigo erwirbt Venedig die Herrschaft über Padua, Verona und Vicenza und festigt seinen Besitz von Dalmatien. In den folgenden Jahren gewinnt die Serenissima die weitgehende Hoheit in Oberitalien. Venedig steht am Höhepunkt seiner politischen Entwicklung.

1451 Der Patriarch von Grado verlegt seinen Sitz nach Venedig, nach San Pietro in Castello.

1453 Die Türken erobern Konstantinopel, Ende des Oströmischen Kaiserreichs.

1489 Zypern wird venezianisch.

1501 Nach dem Tod des Dogen Agostino Barbarigo wird eine Kommission zur Überprüfung der Tätigkeit des Dogen eingesetzt. Sie stellt fest, daß der verstorbene Doge sein Amt zur Bereicherung seiner Familie genützt hat.

1508 Die Großmächte Europas verbünden sich in der »Liga von Cambrai« gegen Venedig.

1509 Bei Agnadello vernichtende Niederlage Venedigs.

1523 Andrea Gritti wird Doge. Er trachtet, die Niederlage von Agnadello wettzumachen. Er ist ein hervorragender Soldat, ein berühmter Reiter, aber er scheitert als Politiker.

1571 Im August verliert Venedig Zypern an die Türken.

1571 7. Oktober: Sieg der Flotte der Heiligen Liga – Spanien, der Kirchenstaat, Genua und Venedig – das Kommando hat Don Juan d'Austria, ein illegitimer Sohn Kaiser Karls V., gegen die Türken bei Lepanto. Zu den Kommandeuren der siegreichen Flotte gehörte Sebastiano Venier, er wird wenige Jahre später Doge.

1575 Die Pest in Venedig

1630 Abermals Pest in Venedig. Zum Dank für ihr Ende wird die Kirche S. Maria della Salute errichtet. Ein Drittel der Bevölkerung ist an der Seuche gestorben.

1669 Venedig muß den Türken Kreta abtreten.

1685	Der venezianische Generalkapitän Francesco Morosini erobert die Peloponnes. Venedig fühlt noch einmal die alte Stärke gegen die Türken.
1718	Die Peloponnes geht wieder an die Türken verloren. Das letzte Jahrhundert der Serenissima hat begonnen.
1797	Nach dem Sieg der Franzosen in Oberitalien Bedrohung Venedigs durch Napoleon. Ende der Republik.
1798	Venedig wird österreichisch.
1807	Venedig kommt unter die Herrschaft der Franzosen.
1815	Nach dem Wiener Kongreß wird Venedig wieder österreichisch.
1848/49	Venedig erhebt sich gegen die Herrschaft Österreichs. Präsident der neuen Republik ist der Advokat Daniele Manin.
1866	Venedig wird Teil des Königreichs Italien.

Glossar

Einige Beispiele aus der Sprache Venedigs

Cicisbeo	Ehrenkavalier, Verehrer
Venexian	Venezianisch für »venezianisch«
Bon di	»Guten Tag« im Venexian
Ombra di vino	Ein Glas Wein, bis der Schatten – ombra – des Campanile weitergerückt ist.
Vaporetto	Dampfschiff, öffentliches Verkehrsmittel
Terra ferma	Das Festland, das zu Venedig gehörte
Alegressa	Venezianisch für Alegrezza
Bicièr	Venezianisch für bicchiere, Glas
Bigoli	Venezianische Pastasorte, Vermicelli
Ca'	Kurzform von Casa
Forcola	Teil der Gondel, Rudergabel
Foresto	Forestero – ausländisch
Gardenal	Kardinal
Istà	Estate – Sommer
Lion	Leone – Löwe
Lionfante	Elefant
Marangono	Zimmermann

Mercore	Mercoledi – Mittwoch
Munega	Monaca – Nonne
Pestrin	Lattaio – Milchmann
Preson	Prigione – Gefängnis
Vu	Voi – Ihr
Zogar	Giocare – Spielen
Borgo	Stadtteil, mit der Nebenbedeutung von Heimat
Facchino	Lastenträger, Dienstmann
Mi son	Io sono – Ich bin
Ti ti xe	Tu sei – Du bist
Nu semo	Noi siamo – Wir sind
Mi go avudo	Ho avuto – Ich habe gehabt

Register

Orts- oder Personennamen, die nur illustrativen Gründen dienen, nicht informativen, sind in das Register nicht aufgenommen worden.